韓国フェミニズム小説集

ヒョンナムオッパへ

チョ・ナムジュ、チェ・ウニョン、キム・イソル、チェ・ジョンファ、ソン・ボミ、ク・ビョンモ、キム・ソンジュン著
斎藤真理子訳

JN130776

白水社

ヒョンナムオッパへ

――韓国フェミニズム小説集

Dear Hyunnam
by Cho Nam Joo, Choi Eun young, Kim Yi seol, Choi jung wha,
Son Bo Mi, Gu Byeong mo, Kim seong joong,

Japanese language edition is published by arrangement with Dasan Books Co., Ltd.
through Japan Uni Agency

This book is published under the support of
Literature Translation Institute of Korea (LTI Korea).

装画
福島淑子
《same eyes》

装幀
天野昌樹

ヒョンナムオッパへ

チョ・ナムジュ

〈おもな登場人物〉

私…司書職公務員として働く三十歳の女性。地方都市からソウルの大学に進学し、恋人である「ヒョンナムオッパ」の影響を強く受ける。

ヒョンナムオッパ…「私」より五歳年上の会社員。彼女に対して支配的に振る舞ってきた。

ジウン…「私」の友人。ヒョンナムオッパとそりが合わない。

教授…「私」が聴講した授業の教官。「私」に親切にしたためヒョンナムが彼を嫌う。

※「オッパ」とは女性から見た兄または年上の男性、恋人への呼称。詳しくは解説を参照。

私は今、私たちの行きつけのカフェの、座り慣れた窓際の席に座っています。窓の向こうにオッパの働く会社のビルが見えます。一階から指差して数えてみましょうか。一、二、三、四、五、六、七。七階の、あのたくさんある窓の中の一つにオッパがいるのですね。十時間後にここでオッパと会うことになっています。でも、もう顔を見てお話する勇気がないから、こうして手紙を残していきます。

ごめんなさい。もう何度もお話したように、プロポーズを受け入れることができません。私、オッパとは結婚しないことにしました。この決定は正しいのか、後悔しないか、オッパなしで生きていけるだろうかと思うと怖くて、恐ろしくて、自信が持てませんでした。ほんとに長いこと、悩んだんです。

もう十年、つまり私の人生のほぼ三分の一を一緒に過ごしてきたことになるんですものね。そんなオッパとこれから永遠に会えないなんて信じられないけれど、でも、もうこのへんで終わりにしたいのです。これまで、ありがとう、ありがとうの連続でした。ありがとう。そして……ごめんなさい。

◆

十年前、オッパと初めて会った日のことを思い出します。二十歳にもなって、しかも学校の中で迷子になってうろうろするなんて、今考えてもほんとに情けないですね。あのとき私はちょっと緊張していたのだと思います。初めての街、初めての学校、初めて会う人たち。突然あまりにも多くの自由が与えられた私にとって、それと同じだけ不安や重圧も大きかったのでしょうね。とんでもない失敗もたくさんしました。

いきなりあなたの目の前に現れて工学部棟はどこですかと尋ねる私をじっと見ていたオッパの表情を、今でも思い出すことができます。そのときオッパは鼻で笑ったりもしなかったけど、別に親切そうでもなく、「一緒に行こう」と言いました。「俺も工学部棟に行くところだから」って。工学部棟はよりによって丘の中腹にありましたから、私たちは、学生が「アマゾン」と呼んでいる人通りの少ない、昼でもかなり暗い小さな森を横切っていきました。後になって、図書館のわきの階段を登っていけばいいこと、その方がずっと明るくて人通りも多いことを知ってちょっと腹が立ちました。オッパは、私がすごく急いでいるみたいだったから近道を案内したんだよって言っていましたけどね。

初めは道に迷ってあわてていたし、「アマゾン」を歩くときはずっと緊張していたし、工学部棟の前に着いたときは心臓がどきどきして破裂しそうで、指先がしびれるほどでした。緊張がすっとほぐれ、無事に着いただけでもほっとして、オッパのこと、なんていい人だろうと思いました。

ありがとうって言おうとしたのに、なぜか口を開くことができなかったんです。オッパが「授業、間に合った？　早く行きな！」と言ったときも私は体が硬直していて、ぼんやりと突っ立ったままでした。オッパは私の手から手帳を取り上げ、最後のページの時間割を確認すると、大股で建物の中に入っていきました。私はそのときになって、呪文が解けたように体を動かすことができました。「手帳返してください」と言いながら、ばかみたいにオッパにのこのこついていきましたっけ。結局、そうやってオッパが講義室まで連れていってくれたわけですね。

あの日のことをオッパはもうちょっと違ったふうに記憶しているでしょ？　私が連れていってくれと言ったって。あのとき自分は工学部棟で授業を受けた後、図書館に寄って本を返し、学生食堂に行くところだったって。オッパは時間割まで出して見せてくれましたね。私は「一緒に行こう」と言ったオッパの声と、その抑揚までありありと覚えていたけれど、私の錯覚だったみたいと言ってごまかしてしまいました。そんなに大事なことじゃないと思ったから。

でもねオッパ、オッパが「一緒に行こう、俺も工学部棟に行くところだから」って言ったのはほんとなんですよ。私はあの授業のとき、「俺も工学部棟に行くところだから、俺も工学部棟に行くところだから……」ってノートに十回ぐらい書いたんだもの。授業も聞かないで、ずっとそんな落書きばかりしていたんです。でも、このことを言ったら私が一目惚れしたみたいだから、恥ずかしくて言えなかったのよ。何しろオッパが、先に私に頼まれたって思い込んでいたしね。

そういうことがよくありました。急に思い出そうとしてもすぐに出てこないけど——ああ、そう、江南《カンナム》でギュヨンにばったり会ったこと、覚えてます？　ギュヨンが大きな窓のあるカフェの中にいて、私たちは向かいの道を歩いていたんです。オッパが「あの子、君の学科の友だちだろ？」って言うから、私が「違うよ、オッパのサークルの後輩で、それで私とも知り合いになったのよ」と答えたら、オッパは信じられないって顔をしてものすごい大声で笑いました。じゃあ俺が、サークルの後輩の子も見分けがつかないっていうのかい、そんなことあるかいって。でも、オッパの言うことが正しいんだったら、私が同じ学科の友だちも見分けがつかない人だってことじゃない。私は思わず「ギュヨンはオッパのサークルの後輩だってば」と言い張り、あなたは「今日はどうしてそんなに神経質なんだい。じゃあ、そういうことにしておこう」って言いました。

それでちょっと意地になったんですよね。私はオッパの手を引っ張って道を渡り、カフェに入りました。そしてギュヨンの口から、自分はヒョンナムさんの後輩で、私とは違う学科だと言ってもらいました。それでも私が泣いたのは、オッパが言い張るのに腹を立てたからでも、「勘違いしてたんだな」と軽く受け流されたからでもありません。ほんとは、ギュヨンのところに行くとき、私が間違ってたらどうしよう、記憶がごちゃごちゃになってたらどうしようって、自分自身をずっと疑っていたからです。

父さんは私がソウルに進学することをとても心配していました。大学に合格してから学生寮に入るまでの間に父さんがいちばんたくさん言った言葉は、「気をつけろ」でした。水商売の世界に入った女の同級生、おなかが大きくなって地元に帰ってきた従姉妹、妻子持ちにだまされて人生を棒に振った友だちの娘さん、酒に酔ってタクシー運転手にたちの悪いいたずらをされた女性の後輩……父さんの口からは、家を出て不幸になった女の人の話が際限もなく出てきました。

入学して間もない開講パーティーの日、男子学生の一人がこっそり、酔っ払って乱れてしまった女子学生たちの姿を写真に撮ったのがばれて、うちの学科が大騒ぎになったことがありました。あのときオッパも言いましたね、気をつけろって。ソウルの人間、特に男は信じちゃいけないって。

私もそれなりの大都市に生まれて育ちました。マンションとビルの森、広くてごちゃごちゃした、人の多い街には慣れています。それでもソウルは違うと思いました。ひょっとするとソウルだからじゃなくて、私が一人だったからかもしれません。アドバイスをしてくれる先輩も、保護してくれる大人も近くにいないと思うと内心、不安だったんでしょうね。そのうえ、勉強も難しいし、アルバイトも大変だし、義務感でつながっている人間関係は私を疲れさせました。

オッパは奨学金の種類と申請方法や、履修届作成のコツや、就活でスペックになる学内行事への参加方法などをよく知っていて、授業や教授たちの特徴についても情報をいっぱい持ってました。そんなオッパに助けてもらって、私は比較的楽に大学生活を送ることができました。右往左往している新入生の友だちはそんな私をうらやましがってました。それでちょっと優越感を抱いたことも事実です。自然と、オッパの判断やアドバイスに依存するようになっていきました。

私たちは専攻も全然違うのに、同じ授業にずいぶん出てましたね。オッパが人気のある授業や単位を取りやすい授業を積極的に勧めてくれたおかげよね。初めのうちは、慣れていない、興味や関心もない授業を受けるのは気が重かったりしましたが、ふり返ってみれば、いろいろな勉強をすることができて良い機会でした。

特に、基礎物理学の授業のことはよく思い出します。オッパが基礎物理学を再履修していたとき、私もちょっと聴講していたのを覚えているでしょ？　あの教授はどうして、私が聴講生だってことがわかったのかしら。三十年講義をしてきたけど物理学を聴講する学生を見たのは初めてだと言って、最初の時間に私に自己紹介をさせ、その後もずっと、理解できたかと聞いてくれたり、質問に答えると良い回答だとほめてくれたりして……照れくさかったしちょっと困ったりもしたけれど、それでも久しぶりの物理の勉強は面白かったんです。できは良くなくても一生けんめい授業を聞くという理由だけで私を評価してくれる教授に感謝していたし。でも結果としてはそのせいで、あの授業を最後まで受けることができませんでした。

オッパはあの教授をすごく嫌っていましたね。学生に対するまともな態度じゃないとか言って。私が鈍かったのかしら。実は、オッパが言い出すまでは私、あの教授が変だなんて全然思ってませんでした。何が変なのかよくわからないって答えたらオッパは、君がそんな人だとは思わなかったと言いましたね。実は、あのとき聴講をやめたのは教授のせいじゃありません。オッパが嫌がったからでもありません。何事もなかったみたいにあの授業を聞き続けていたら、ほんとに変な人間だとオッパに思われそうだったからです。

教授は授業時間以外に私を呼び出したこともないし、個人情報を尋ねることもなかったし、いつも私に丁寧語で話しかけていたし、きちんと「○○さん」と呼んでくれました。そうね、聴講生の私に比較的よく質問はなさったけど、それは全部授業の内容に関することでした。なのにオッパは、下心のある行動だって言いました。不純だ、むかつく、君はほんとにあれが嫌じゃないのかって怒ったでしょ。もちろんそれは私じゃなくて教授への怒りだったけど、私のことも勘が鈍くてばかだってなじったじゃない。私はすごく居心地が悪くなって、そんな状況を作った教授が恨めしくなり、そうなると今度はほんとに教授のことが不快で、疑わしいと思うようになったんです。それで、オッパが基礎物理学の再履修をしていた学期の間、私たちはずっとあの教授を「変態」って呼んでいました。

あの一件以後、私は男性の知り合いが重荷になってきました。もしかして私に対して変な考えを持っているのではないか。私の言葉や行動を誤解しているのではないか。何よりも私が、彼らが送ってよこした性的なメッセージに気づかなかったために、男性たちが誤解するようなことをやってるんじゃないかと思うと怖くなったんです。何ていうか、急に、こんな表現はあんまり好きではないけど、だらしない女になったような感じがして。それでいっそう自分自身にブレーキをかけるようになりました。男の人たちを避けるようになったし、男の人たちがいる集まりには出ないようになったので、人間関係も活動範囲も狭まりました。

忘れていたけど、去年、友だちがあの教授の話を持ち出したんです。ジユって覚えているでしょう？　私の学生寮での最初のルームメイトですよ。ジユは就職するとすぐに大田《テジョン》の本社に辞令が出たからしばらく会えなかったんだけど、去年ソウルに来たので、ほんとに久しぶりに会ったんです。ジユはいちばん最初に、オッパは元気なのって聞きました。元気だよって答えたらすごく笑うんですよ。「あんたってほんとにあの人とずーっとつきあってんのね。すごいね」って。すごいってどういう意味かちょっと考えちゃったけど、私もただ一緒に笑いました。

自然とオッパに関係のあるエピソードが思い出されて、私がオッパと一緒に授業を受けていたときの話も出ました。ジユは、いくら何でも私が物理学まで聴講するとは思わなかったんですって。「でも、授業は面白かったんでしょ？　あの教授も紳士だったしね」。その瞬間、目の前が真っ白になりました。そうです、あの教授は確かに紳士だったんです。うちの父さんと同じぐらいの世代ですけど、古くさい、権威をふりかざすようなところがなくて、「紳士」という表現がほんとにぴったりの方でした。それなのに私はなぜあの教授をあんなに嫌な人だと思い、ちょっとの間ではあったけど「変態」なんて呼んだんでしょう。私とは一度だって握手もしたことがなかったし、授業のこと以外、話もしたことがなかったのに。

私たちが間違っていたんです。もちろん、大っぴらに非難したわけではなかったけど、私たちは明らかに、誤った判断で一人の人間を罵倒していました。こんなに時間が経ってから突然この話をするのは、もしもオッパがまだ教授について歪んだ記憶を持っているなら、考え直してほしいと思うからです。今になって私たちがどう思おうと何を言おうと教授には何の影響もありません。いえ、全くご存じじゃないでしょう。それでも間違いは正しておくべきだと思うんです。何の根拠もなく人をおとしめたんですから。

考えてみれば、人の好き嫌いについても私はずいぶんオッパに影響を受けていたみたいね。この名前を持ち出すとオッパはすごく嫌かしら？　オッパがほんとに嫌ってた私の友だち、ジウンのことです。二人が初めて会ったのは学園祭のときでしたよね？　ジウンのサークルの屋台にオッパと一緒に行って、話が長くなったので三人でかなり遅くまでお酒を飲んだのが最初でした。

初めのうち、オッパとジウンは私がやきもちを焼くくらい仲が良かったんですよね。ジウンが野球好きで、しかもオッパと同じチームを応援していることがわかってからは、私なんかそこにいないみたいでした。二人はずうっと私が知らない選手とか監督のことを話したり、以前の試合の思い出話をしたりしてました。私にもわかる話をしてよって言いたかったけど、何だかそれもプライドが傷つく気がしたから、私も関心があるふりをして笑ったり、顔色を見て話を合わせたりしたものです。

わざわざ待ち合わせて一緒に会うことはなかったけど、学校で自然に顔を合わせていましたよね。オッパと一緒にいるときにジウンを呼び出して三人でごはんを食べたこともあるし、ジウンと二人でオッパの授業のある建物へ行ってコーヒーを飲んだこともありました。一度、三人で球場にも行きましたよね。球場は面白かったわ。応援も、歌も面白かったし、球場で飲むビールはいつもより爽やかでおいしいし。野球のことをよく知らなくても、応援しているチームがなくてもこんなに面白いのに、どうしてオッパは今まで私を球場に誘ってくれなかったんだろうって不思議に思うくらいでした。でもその日から、オッパとジウンの仲がきしみはじめたんですよね。

二人が応援していたチームが連敗の末に逆転勝ちした日でした。興奮が冷めない私たちは、そのまま帰るのが惜しくて、コンビニでビールとおつまみをどっさり買って、近所の公園のベンチに座りました。ジウンが先頭を切って、ビールを一缶あけた後だったかな？　さっきの試合のことをしばらく話していたときだったかな？　オッパがジウンに「君は普通の女の子と違うみたいだね」と言って、ジウンが「それどういうことですか？」って聞きました。オッパは「ほめてるんだよ」って答え、ジウンは「普通の女の子だったらどうなんです？　普通の女の子と違うのがどうしてほめてることになるんですか？　それじゃあ、普通の女の子は普通にだめってことですか？」ってまた尋ねたんです。

その場の雰囲気が急に冷え込んでしまいました。飲み会は突然おしまいになり、それでもオッパはタクシーでジウンの家に先に寄ってから私を学生寮に送ってくれました。ジウンが降りた後のタクシーの中でオッパは、ジウンはちょっと生意気なんじゃないかとか、礼儀知らずだとか、マナーをわきまえてないとか言いました。ほんとは、聞いててちょっと嫌でした。私の友だちを礼儀知らずだなんて言うんだもの。

　それと、オッパが気を悪くするだろうから言わなかったけど、ジウンもオッパのことをよく思ってはいなかったみたいですよ。いつごろからかなあ、オッパをほんとに好きなの、どこが好きなの、なんで好きなのって私に聞くようになりましたからね。どうしてそんなこと聞くのって尋ねたら、ジウンは「別に」って言いましたけど、その表情からも言葉からも、複雑な気持ちが感じとれました。疑問とか、心配とか、不安とか……。

　そうこうするうちに、オッパの同窓会のことで事件が起きたのよね。それはただの同窓会ではありませんでした。オッパが出た高校の、いちばん規模が大きく歴史も長いサークルの同窓会で、社会の中堅クラスになった大先輩たちが家族連れで参加するような大規模なものでした。あなたはそこへ私を同伴すると言って、そこに着ていくためのきちんとしたスーツを買ってくれて、当日にメイクをしてくれる美容院にも予約を入れてくれました。私へのプレゼントだと言ってね。ありがたいと思ったし、認められたような気もしたけど、ほんとはあんまりうれしくありませんでした。何とも言葉にしづらい、歯の間にごくごく小さな肉の繊維がはさまって、どうやっても取れないみたいなじれったさ、気まずさ、居心地の悪さ、そんな感情。

　ジウンにその話をしたらすぐに「自分の同窓会なのに、なんであんたに新しい服を着せて化粧までさせるの？　あんたはオッパのアクセサリーなの？」って言われたんです。ああ、これだったんだと思いました。私が感じた気まずさの理由がわかったんです。一晩寝ないで悩んだ末、私はオッパに自分の意思を伝えることにしました。私はものすごく気を遣いながら言いました。スーツは、返品できるならしたい。メイクはしてもらわなくていい。同窓会に呼んでくれたのはとてもありがたいけれど、自分の服で、いつも通りの化粧で、ふだんの自分のままで出たい。それでは出席できないような場なら、残念だけど辞退するって。そう言ってる間じゅうすごく震えてしまって、私は爪の横のささくれを自分でむしっていました。

オッパは予想外にあっさりと私の意見を受け入れてくれました。「考えてみたら、君には気が重い席だよね。今回は俺が一人で行ってくるよ。また来年、一緒に行けるかどうかよく考えてみてくれ」って。私は長い長いため息をついて、やっとホッとしました。そのときオッパが聞いたのよ、「ジウンに何か言われたのか？」って。もちろん、ジウンの否定的な意見が効いたことは事実だけど、私もずっと気が進まなかったんだし、何よりも、決定は私が下したんです。私が一人で考えて一人で決めたんだって答えましたけど、オッパは耳にも入らないみたいだったわ。

オッパは目を細めて眉間にしわを寄せて、一人で考えに沈み、何度もうなずいてました。オッパ特有のあの不快そうな表情、努力して怒りを抑えている表情、「だけど、おまえに聞いたところでどうなるんだ？」みたいなあの表情。私に常にあなたの顔色をうかがうようにさせたあの表情を浮かべながら、オッパは言いました。「ジウンにそう言われたわけじゃないだろうね。君は、自分の判断だと思ってるんだろう。でも、それならどういう根拠で君は判断したんだい？　とにかく、同窓会についてジウンに話したことは事実だろ。そしたらジウンが良い反応を見せるとは思えないんだけど？」

私はちゃんと答えられませんでした。オッパが別れ話を切り出すんじゃないかと思うと怯えてしまって。オッパの助けなしで大学生活をうまく過ごせるか、日常生活が維持できるか、怖かったんです。それに、私はあまりにも多くの人に「カン・ヒョンナムの彼女」として知られていました。わかるでしょ、キャンパスのカップルが別れたらどんな噂が出回るか、どんな視線で見られるか。女の子の方がずっと損なんですから。

私が逆に「怒ったの?」って尋ねると、オッパは急にすごい大声で「怒ってない!」と答えました。私が「オッパ怒ってるのね。でも誤解よ。私……」ってそこまで言ったとき、オッパはテーブルをドンと叩きました。「怒ってないって! 怒ってないって言ってるのに、なんでしつこく怒ってるって言うんだ? そう言われるとほんとに腹が立つんだよ!」と言って。

オッパは急に真顔になったり大声を出したりすることがよくありました。それで、怒ったのかと聞くと、そうじゃない、君が怒ったって言うから腹が立つんだって私のせいにしたわね。でも、世の中に「俺は怒ってるぞ!」って言いながら怒る人がいます? 怖い顔して大声を出してテーブルを叩いたら、それ、怒ってるんでしょ。そういうのが怒るってことですよ。

でもオッパはすぐに心を鎮めて私に忠告しました。「君はもう子どもじゃないんだ。人脈とか、学閥とかいう言葉がなぜ存在していると思う? つきあう人を選びなさい。ジウンについては、一度考えてみた方がいいね」。あれ以後、オッパはジウンとは一度も会うことがありませんでしたね。ちょうど翌年にジウンが交換留学に行って、その間にオッパは卒業したでしょ。そして私とジウンも自然に連絡が途絶えました。と、思っているでしょ? オッパが嫌がるからあえてジウンの話はしなかっただけですよ。

ジウンが交換留学に行った後、私はオッパに黙ってメールアカウントをもう一つ作って、ずっとジウンとやりとりしてました。夏休みや冬休みに私がカナダに行って、十日ぐらい一緒に旅行したこともあるし。はい、おばさんのところに行くって言った、あのときです。私はカナダにおばさんもいとこもいません。写真の中の女学生はいとこじゃなくてジウンのルームメイトです。私によく似てるって言ってましたよね？　中国人です。


これまでオッパはほとんど私の保護者でした。生まれて初めて両親のそばを離れて一人で暮らして、寂しいときも多かったし、困ることも多く、どうしたらいいかわからないこともたくさんありました。そのたび、オッパがほんとによく助けてくれました。いいえ、助けるんじゃなくてほとんど全部、私の代わりにやってくれちゃったわね。

出会ってから十年の間に私は二回引っ越しました。初めて学生寮から出るときには不安だったわ。両親は共働きだし、年をとってからできた弟もいるので私の面倒を見にソウルに来られる状況ではありません。でも、私もこんなに大きくなってまで親に頼りたくなかったし、一人で頑張ろうと思ってました。

それに気づいたオッパは、「女が一人で部屋を探すもんじゃない」って言いました。会社の休暇までとって、私の引っ越し先を一緒に探してくれました。ほんとにありがたかったわ。家賃の安いところを探したら、人通りがまるでない丘のてっぺんとか、町外れの寂しい路地にあるようなところばかりで、そんな暗い空き部屋に不動産屋のおじさんについて入っていくときは、オッパがいなかったらと思うとくらっとしたほどでした。ジュが、ワンルームを借りるときに一度寄った不動産屋のおじさんがつきあおうと言ってずっと電話かけてきたり、メール送ってきたりするので、携帯番号を変えてたでしょ。女が一人で暮らしていることがばれたらほんとに危険だっていうわね。私の場合は幸い、オッパが口を出して家賃、内装、修理、セキュリティなんかについて大家さんに確認して、話をつけてくれたけど。

特に、二度目の引っ越しで見つけた今の部屋は、窓から見える風景がほんとにすてきです。前の家の塀に沿ってツタの蔓が広がっているのもいいし、建物にさえぎられてはいるけれど、むこうにちらっと公園も見えるしね。オッパは公園の近所は虫も多いし変な匂いがして嫌だと言いますけど、私は気に入っているんです。オッパが生臭いと言う草の匂いや土の匂いが、ほんとにいいのです。

オッパが勧めてくれた通り、オッパの会社と近いこの町に部屋を借りたのはほんとに好都合でしたね。オッパは仕事が遅くまであるから、デートするのも大変な日が多かったし、私にしてみれば、どうせ帰宅の途中だから、オッパの会社に寄って会うのは楽だったし。自分の町だからオッパが私を無理に送ってくれる必要もないし。ときどき残業が長引いたときはオッパがうちに泊まることもあったしね。こうやって書いてみると、私よりオッパにとって便利だったみたいだけど、私だってまあ、あのときは新婚夫婦みたいで悪くなかったわ。歯ブラシ立てに立っていたオッパの歯ブラシ、棚の上の使い捨てのひげそり、棚の引き出しに入ってた七分丈のトレーニングウエア一着と下着何枚か……返すこともできないし、持ってるのも何だから、捨ててきました。あのね、私、今日、引っ越します。

オッパの助けなしで不動産屋に行って、物件を見て、引っ越しセンターも予約して、引っ越しの準備を全部終えたんだけど、信じられますか。登記簿謄本や建築物台帳も確認しました。登記簿謄本は契約時、中途金支払い時、残金支払い時の三回確認しました。

これから入る賃貸物件は運よく空室だったから、自分で簡単にインテリアも調えたんです。壁紙を貼ってシート紙を貼って、棚やクローゼットをとりつけたぐらいですけどね。私一人でインターネットで材料を買い、工具を持ってって、トンカチやって作ったんですよ。今まではオッパが、手をけがするからって釘一本打たせてくれなかったけど、私、ほんとは何か作るのが好きなんです。父さんは木で家具を作るのが趣味なのよ。実家の居間のテーブル、キッチンの棚、食卓、弟の机、キャットタワーも全部、父さんが作ったの。私は小さいころから父さんのそばで、のこぎりも金づちもペンキ塗りも当たり前に手伝ってたんです。久しぶりに木を触ったら楽しかったわ。これまではオッパが私を心配してくれるから、自分でできるって言い出せなかったけど。

この手紙を書き終えて帰ったら、引っ越しセンターの人が作業をほとんど終えてくれているでしょう。今日すぐに新しい入居者が入るんだから、あの家には行かないでくださいね。もちろん、オッパがそんなことをするとは思えないけど、図書館にも来ないで。実は私、休職しました。

新しい勉強を始めたんです。詳しくは言えないけど……とにかく、今までとは違うことを準備しているんです。まずは休職して、そのうち完全に辞めるかもしれないわ。仕事が嫌なわけじゃありません。これ以上は望めないほどの職場でした。

本が好きな人間にとって、図書館ほどいい仕事場はないでしょう。しかも公務員ときては。これも全部オッパのおかげです。オッパは司書職公務員という職種があることを教えてくれて、君の適性にとても合っているし安定した仕事だからと、すごく積極的に勧めてくれましたね。絶対に公務員でなくてもいいけど、定時に終われる職業につけたらいいねって、ときどき言っていたわね。私は、オッパの会社はすごく残業が多くて疲れて大変だからそんなことを言うのかな、と思ってました。でもオッパは、そうじゃない、自分の会社はいい職場だと言ってました。そして「俺が遅いから、君は早く上がれるのがいいだろ」とも。でも私はオッパの疲れた表情がずっと心に残り、勧めてくれた通り司書職公務員を目指すことにしました。

公務員試験の準備は楽じゃなかったわ。何より、文献情報学を専攻するためにもう一年大学に通うことになったのが大変でした。勉強も勉強だけど、それより、学費の問題があったから。オッパもよく知っているように、うちはそんなに余裕のある方じゃありません。ただでさえ学費の大部分は奨学金か学資ローンで、生活費の大部分はアルバイトで何とかしていたんですから、両親に「もう一年勉強したいから助けてくれ」とは、とても言えません。

あの一年はほんとに、粉骨砕身としか言いようのない時間でした。昼間は授業を受けて、授業の合間に試験勉強して、夜は家庭教師、塾講師、飲食店、レジ打ち、イベントのアシスタントまで手当たり次第に働きました。でもその年の試験には落ちちゃった。だから次回は目標を下げて、九級公務員（日本の公務員国家Ⅲ種にあたる）の試験を受けると言うと、オッパにすごく叱られました。安易にあきらめて安易に満足する君を見てると歯がゆいと言って。そのときは私もちょっと寂しかったわね。だって一文もお金は出してないのに、この本を買え、あれも買え、この授業は受けておけ、この試験も受けてみろって……どうしてあんなに何でもかんでもやらせようとしたのかしら。

またもやアルバイトと勉強の両立の一年が始まったけど、ほんとに地獄みたいでした。次もまた落ちたら、公務員試験準備だけに時間を費やしてきた私に何ができるのか、できることがあるのか。学資ローンを返せるのか。先が見えません。私のいてもたってもいられない気持ちを知ると、オッパはこう言いましたね、「君がそんなに弱い人だとは思わなかった。そんなことじゃ君と一生安定した家庭を築いていく自信が持てない」。

あのときは言えなかったけど、オッパのその言葉を聞いてから私は不安感がひどくなって、薬を飲まずには眠れなくなったのです。六ヶ月と少し飲んでいたと思うわ。あのころ、オッパが私の部屋で薬の袋を見たこともあったんだけど、覚えてますか？　私が風邪薬だって言ってたあれよ。オッパは私に、咳も出ないし体を動かせないほどでもないのになんで薬を飲むんだい、やたらと薬を飲む癖がつくといけないよって言ったでしょ。そして、出勤すると言って出ていくと、おかゆとみかんとビタミン剤を買ってきてぱっと差し出し、照れくさそうに振り向きもしないで行ってしまいました。おかゆも、みかんも、ビタミン剤も、ごちそうさまでした。遅くなりましたけど、ありがとう。でも、風邪じゃなかったの。あの薬は安定剤と睡眠導入剤でした。

あのとき私は、何一つ達成できてなくて、勉強とアルバイトで時間に追われ、人との交流もほとんど途絶えた状態で、家族と離れて一人で暮らしていたでしょ。信じて頼れる人といえばほんとにオッパだけでした。おまけに私はあのころどうしてあんなに、自分は年をとりすぎたって感じてたのかしら。就職が決まらない同期生は卒業を延期していたし、先輩たちは一歳でも若いうちにどこでもいいから就職しろって言ってました。教育大に行くと言って、もう一度大学受験の準備を始めた女性の先輩もいました。「その方が早いと思う」という彼女の言葉が、私の心に突き刺さりました。そのころオッパが、「女二十五歳ともなると下り坂」って冗談をよく言ってたでしょ？　何でもないような顔をして笑っていたけど、心の中ではすごく不安だったのよ。私の人生ももうおしまいみたいで。もう新しいことも起きないし、新しい人にも出会えないし、新しいチャンスももうないだろうと思ったの。

でも、今振り返ってみて、あのときの私なんてほんとに若かったと思うわ。何より、私より五歳も年上で三十歳だったオッパが、二十五歳の私に「下り坂」だなんて、今三十歳になった私から見たらほんとにばかばかしい。

死にもの狂いで勉強だけに明け暮れていました。オッパは几帳面に私の予備校での勉強と自主学習のスケジュールを立ててくれて、私の成績をチェックしてくれましたね。両親だって私の成績のことで小言を言ったりしなかったのに、生まれて初めてオッパに、勉強しろって言われたわ。

本試験の一ヶ月前からは毎日、予備校の終わる時間に来て、読書室〔勉強をするための貸しスペース〕まで車に乗せていってくれましたね。あのときはオッパも忙しい真っ最中だったから、私の予定に合わせて会社を出るのは気がひけるとか、お父さんの大きな車で移動するのは気が重いとか言いながらも、私のためには進んでそれを耐えてくれました。午前中はアルバイト、午後はずっと予備校で緊張して授業を聞いていると私はほんとにほんとに疲れていて、眠気が押し寄せてきます。そんなとき家に帰ったらすぐに横になっちゃうし、眠ってしまうことも多くて、勉強なんかろくにできません。それを見越してオッパは私を読書室に連れてってくれたのよね。ほんとにありがたかったけど、実はもうくたびれはてていたのよ。私たち、このことではずいぶん喧嘩したわよね。

もう試験勉強が嫌だ、司書にもなりたくないと私が言うと、「全部君のためなんだよ」とオッパは言いました。そう言われると何も言えないのよ。確かに、私が試験に合格するのも就職して公務員になるのも全部、私のことだしね。そのうえオッパが「俺が君のためにここまでやってるのに、君は自分の勉強もできないっていうのか？」なんて言うから、ほんとに言葉に詰まってしまいました。ものは言えないし、心は苦しいし、体はどんどん弱っていきました。

一度、予備校が終わってもオッパの車のある駐車場に行かず、裏門から出てしまったことがありました。私としてはほんとに、とんでもない脱線でした。だけどあのとき私がどんなに途方にくれたかわかります？　オッパの車に乗って、読書室の前の海苔巻き屋に行き、オッパが決めたメニューで遅い夕食を食べ、オッパの手に引かれるようにして読書室に入るのが死ぬほど嫌で逃げ出したのに、何をしたらいいかまるでわからなかったのよ。オッパをまいたって、行けるところがないんだから。家、海苔巻き屋、読書室、ときどき一緒に行って勉強していた読書室の前のコーヒー専門店。そのころ私が知っていた場所はそのぐらいしかなくて、他の場所は全然思いつかないの。頭をひねってやっと思いついたのは、映画館でした。

ただ時間さえ合えばどんな映画でもいいやと思って、カード決済をして上映館に入りました。三十分ぐらい経ったころだったかな？　オッパがすーっと私の横の席に座ったのは。最初は、誰か他の人か、または人違いか、私が緊張しすぎて見間違えたのか、ありとあらゆることを考えたわ。ほんとにオッパだとわかった瞬間、びっくりしすぎて悲鳴さえ出ませんでした。じっとして凍りついている私に、オッパは小声で言いました、「金も払ったことだし、映画を最後まで見てから話そう」。

いくら予備校に近いからって、よりによってこのシネコンの中のこの映画を見にきたことを、オッパはどうやって知ったんだろう。驚いて、気になって、でもそれもいっときのことでした。映画を見ているときも、オッパの車に乗っているときも、こんな私の行動を納得してもらえる理由を見つけようとして頭の中は大混乱でした。なぜこんなことをしたんだとオッパに聞かれるにきまっていましたから。でもその日、オッパは私を叱りませんでした。理由を尋ねもしなかったわね。まるでただの映画館デートみたいに落ち着いて私を送ってくれました。「そういえば僕ら、映画もろくに見てなかったな。受験勉強ばかりでデートらしいデートもできなくて、嫌だったんだろうね。たまにはこんなふうに映画を見たり、うまいものを食ったりしよう」と言われて、私は何も言えず、ばかみたいに涙を流していました。

そしてあの日は、海苔巻き屋には行かず、カルビタンを食べました。体がずいぶん弱っているみたいだから、肉のスープをおごってあげようとオッパは言いました。でも私はほとんど食べられませんでした。とにかく居心地が悪かったし、私カルビタンは嫌いなのよ。オッパはソルロンタン[*1]で焼酎を飲むような、素朴で気楽な女性がいいってしょっちゅう言うでしょ。だけどねオッパ、ソルロンタンは高いわよ。それと、私は煮た肉はあんまり好きじゃないの。肉は焼いたのがいいんだもん。いつも、オッパがソルロンタンだのカルビタンだのを食べたがり、そうすると私はあまり食べられなくて、好き嫌いが多いって文句を言われる悪循環だったけど、私は好き嫌いが多いんじゃなくて、オッパが私の健康のためにと言っておごってくれるものが口に合わなかっただけです。そのことは何度もちゃんと説明したのに、聞いてないのよね。もう一度言いますけど、ほんとに肉は焼いたのが好きなんです。好みの違いにすぎないのに、どうしてあのとき自信を持ってそう言えなかったのかわからないわ。

後になって、オッパが私のクレジットカードの明細をネットで確認してあの映画館をつきとめたんだってことを知りました。[*2]私たちはIDとパスワードも共有していたし、学籍番号も社員番号も住民登録番号も、自分のものみたいに暗誦できました。便利だし、お互いの情報を知っているのは当然だと思っていたから、あえて変えようとも思わなかったんですね。それに、あのとき私は職業もなかったし、友だちもいなかったでしょ。私に何かあっても誰も気づかないはずだから、オッパが私の身の上についてすみからすみまで知ってくれていると思うと、一方では安心できたりもしたんですよね。

二人の間にはあまりに境界がなく、私生活もなかったという気がします。私、IDや暗証番号も全部変えました。いろんなサイトに一回限りで加入していたりするから、全部思い出せるかなと思ったけど、最近は加入してるサイトを全部いっぺんに教えてくれるサイトがあるんですよ。ほんとにいい世の中ね。もちろん、そんなことのないように努力はするけど、私も私を信じられないから、オッパもパスワードを変えるといいと思うわ。この機会に、使っていないIDは整理した方がいいしね。

本に埋もれて暮らす生活は幸せでした。図書館で働いてみると、さまざまな角度から本に接することができたし、それに本をたくさん読めたし。でも、思ったより仕事量は多かったわ。図書館でイベントがある日は残業もあるし、土日の出勤もあるし。そんな私を見てオッパは、こんなんじゃや、子どもを育てるときにどうなるんだって心配してたわね。自分の仕事は残業が多いから、私には早く帰宅できる仕事について、できるだけ子どもを自分の手で育ててほしい

＊1　牛の肉と骨、内臓などを長時間煮込んで作る乳白色のスープ。伝統的な庶民料理で、小洒落たカフェごはんなどとは対極にある。
＊2　ヒョンナムがカードの決済内容が瞬時にスマホに届くサービスを利用しており、彼女の暗証番号も知っていたため情報にアクセスできた。

のにって。

オッパはほんとに子どもが好きですよね。食堂とか公共の場所でうるさく泣いたり、だだをこねたりして周囲を困らせている子どもを見ても、顔をしかめたこともありませんでした。そんな姿さえとても可愛いというように、顔いっぱいに微笑を浮かべているオッパを見ると、他人の子でああなら、自分の子はどんなに可愛がるだろうと思ったわ。オッパは、二人の弟妹の存在が自分自身をどんなにしっかり支えてくれているかわからないってよく言ってました。だから自分も子どもは三人持つんだって。

実はこれまで言えなかったんだけど、私は子どもを産まないつもりです。理由を聞かれたらいっぱいありすぎて、ここには全部書けないけど、何より、出産と育児のために私の仕事が中断されることは望みません。ここまで来るのにほんとに大変だったんですから。私には思春期の記憶というものがほとんどありません。勉強ばかりしていたからよ。家の経済的事情で塾や家庭教師は利用できなかったから、全部自分でやろうとしたら時間をかけるしかなかったの。道を歩きながら数学の問題を解いてたのよ。大学生活はオッパも知っている通り勉強とアルバイトばかり、それに就職活動で手一杯、公務員試験の本格的な準備だけでもまる二年、辞令を受けてからは残業と土日勤務。忙しさに引きずられてやっとここまでやってこられたという気分です。

私は今ようやく、少しずつだけど自分の人生を振り返り、計画を立てて、自分らしく生きているところです。やりたいこともたくさんあります。私の人生をあきらめることは、できないんです。私には、出産する計画はありません。それにオッパは期待をこめて「カン・ヒョンナムジュニア」とか「ヘラン・カン氏の十二代目*」とか言うけど、私はヘラン・カン氏でもないし、代を継ぐ義務も負いたくないの。

オッパがあんまり、子どもを産んで育てる人生が普通みたいに言うから、これまでこういうことはお話できませんでした。オッパの質問は「子どもを産むのはいいことだと思う？」じゃなくて「子どもは何人産むのがいいと思う？」だったし、「君が育ててくれる？」じゃなくて「何年ぐらいなら君が家で育てられる？」でしたからね。まだ考えたことがないからと言って答えるのを避けようとしたら、なんでそんなに無計画に生きてるのかって、私のことを情けなさそうに見ていました。だけどオッパ、オッパが自分で産むわけでも、育てるわけでもないのに、何の資格があってそんな計画、一人で立ててんの？　情けないのは私じゃなくてオッパでしょ。

初めてプロポーズされたときはすごくとまどったわ。だってオッパはまるでお正月に何年ぶりかで会った姪っ子に言うみたいに、「おまえもそろそろ結婚しなきゃな」って言っただけで、あれがプロポーズだとは思いませんでしたからね。あんなこと、ほんとのおじさんに言われて

＊カン氏にもさまざまな系統があり、ヒョンナムはその中のヘラン・カンという一族の十一代目にあたるという意味（解説も参照）。

も絶対、嫌だったと思うけど。そしてオッパは「俺は花束を持って膝まずくとか、そんなロマンティックなことはできない。わかるだろ？　だから用件だけ言うよ。結婚しよう」って言いました。すごく男らしいプロポーズだったと思ってるんだろうけど、あれはオッパの自己陶酔よね。実際にプロポーズされた私は全然うれしくありませんでした。プロポーズでも勧誘でも、お願いでも、そういうのは言う人じゃなくて聞く人の気に入るように言うものですよ。それでこそ受け入れてもらえるんじゃないの？

私だって、すごいイベントなんか望んでるんじゃないのよ。ただ、まるでオッパが私と結婚してやるみたいな、俺がまず決心したから君は従いさえすればいいみたいな、そんなニュアンスが嫌だったのよ。人生でいちばん重要なことを、押し流されるようにして決めるのも嫌だし。

それに、これは別の話だけど、「ロマンティック」ってことをそんな、手も足も出ないような大それたことみたいに考える必要もないと思うわ。私たちは、バレンタインだの、ホワイトデーだのっていう記念日はばかにして何もやってこなかったし、つきあって何日めとか何年めとかいうのを数えて祝ったこともなかったでしょ。恋愛が始まった正確な日がわからないのも事実だけど、それでもどうにかして記念したければできたと思う。ちょっと面白いデートをしたり、愛情表現したり、そんな機会を作って楽しく過ごしたってよかったのに、なんでできなかったんでしょうね。

だけど自転車旅行にはよく行ったわね。二人とも自転車が好きだったから。東海岸のサイクリングロードも良かったし、春川のハヌル・サイクリングロードも良かったし、済州島のハイキングも面白かったたし。そう、蟾津江《ソムジンガン》のサイクリングロードはほんとに良かったわね。陽射しできらきらしていた川の水と、川辺に吹いていた風、風の匂いまで新鮮で。ポピーの道は運良く花が満開だったわ。私はあのとき、生まれて初めてポピーを見たんだけど、とっても不思議だった。食べたものも全部おいしかったし。自転車旅行以外には、特に何も記憶に残ってないわね。普段はただのデートしかしてなかったもの、ご飯食べて、映画見て、ビール飲んで、セックスして。セックスするために会ってたのかなと思ったのも事実だわ。でも、そう言うにはねえ、オッパが特に上手だったわけでもないし……。

そのうえ、一緒に釜山に行こうって言うんでしょう。結婚して安定した暮らしをしようっていうけど、釜山への異動の辞令が出たのはオッパで、私じゃありませんよね。オッパは結婚して釜山に行けば、職場も実家もあって安定するかもしれないけど、私は違うの。「釜山で勤務できるようにしてもらえばいいじゃないか」ですって？　公務員だからって、どこへでも好きに転勤できるわけじゃありません。オッパってほんとに、よく知りもしないで断言することが多いよね。

オッパは勤務地が変わる可能性が高いから、私には公務員を勧めたんだって、今になってわかってあきれちゃった。完全に私をオッパの人生の付属品ぐらいに思ってるらしいけど、私にも私の人生があります。それに私は今、退職の準備をしながら新しい勉強をしていて、勉強する場所はソウルにあるの。まずはこの勉強を全部終えるまでソウルで暮らすし、それ以後はどこで暮らすか、私の気持ち次第だわ。

オッパが嫌っている友だちとはこっそり連絡をとって、黙って会っていればいいかなと思ってた。食堂で料理一つ注文するにも私には意見を聞きもせず、いつも自分の思い通りにしてばっかりのオッパに従う一方だったけど、別に重要なことじゃないからいいやって、無理にそう思ってやりすごしてきました。でも一方では、そういうのを疑う心も育っていたのよね。社会人になって、いろいろな人たちと会ってようやく、自分の姿が見えてきたの。私の人生が自分の意思とは関係なく流れてきたということがわかりました。

自分で進路を定め直して新しい勉強を始めることには、実際、不安もいっぱいあったわ。オッパにこのことをいつ、どういうふうに伝えたらいいだろう。いっそ、ずっと隠し通そうか。その方がよくないかって。そしてオッパから結婚の話が出たとき、はっと気づいたのよ。オッパと結婚して、私たちが家族になって、時間と空間のすべてを共有し、お互いの間に法的な義務と権利まで発生したら、今みたいにして生きていけるだろうか。こんなふうに隠したり、やりすごしたり、ふたをしたまま生きていけるかって。そう考えてみたら、ほんとにぞっとした。できないよね。そんなことできないし、そんなことやってはいけないんです。

もう一度はっきり言うけど、プロポーズはお断りします。私はもうこれ以上、「カン・ヒョンナムの女」としては生きない。オッパは、プロポーズらしいプロポーズがなかったから私が迷ってるんだと思ってるみたいだけど、違います。違うって言ってんのに、なんでそんなことばっかり言うんだか、わけがわからない。私は自分の人生を生きたいから、あんたと結婚したくないの。本格的に結婚の話が出て初めて、何となく気が進まなかった理由が全部わかったんだからね。これまでオッパが私を一人の人間として尊重しなかったこと、愛情を口実に私を囲い込んで、押さえつけて、ばかにしてきたこと、そうやって私を無能な臆病者にしたってことも。

オッパが何もできない私を守ってくれたわけじゃなくて、オッパが私を何もできない人間に作り上げたんだよ。人ひとり、好きに振り回して、楽しかった？　プロポーズありがとね、おかげでやっと気づいたわよ、カン・ヒョンナムのばっかやろー！

作家ノート

感嘆符を打って最後の段落をしばらく眺めてから、もしかしてカン・ヒョンナムがストーカー行為をしたらどうしよう？　写真や動画をこっそり撮っていたらどうしよう？　と心配になりました。こんなことが自然に思い浮かんでしまうのは苦々しくもあります。でも、実際に少なからず起きていることです。

女として生きるということについて、しょっちゅう考えます。どうしようもない、大したことじゃない、もともとそうだったんだものと思われてきたことを、しばしば疑ってみます。私は「みんなで幸せに暮らしました」というような結末を信じはしませんが、また、それは絶対に不可能なことでもないと思っています。

あなたの平和

チェ・ウニョン

〈おもな登場人物〉

ユジン…三十代半ばの女性。不幸な結婚生活に苦しむ母親との葛藤に苦しんでいる。

ジョンスン…ユジンとジュノの母。不満を娘にぶつけることが習慣になっている。

ユジンの父…パイロット。外面はいいが、妻には無関心。

ジュノ…ユジンの弟。母に溺愛されていたが、結婚を決めたことで母を寂しがらせる。

ソニョン…ジュノの婚約者。幼いころ両親を亡くし、祖父母に育てられた。

ユジンの前の恋人…急進左翼で、ユジンが恵まれた環境に育ったことに批判的な目を向ける。

ソニョンは黙ってソファーに座っていた。化粧っ気のない顔には特にこれといった表情がない。今日はソニョンが、彼女の婚約者であるジュノの家を初めて訪問する日だ。

「何か飲む？　オレンジジュース、どう？」

ジュノの問いかけにソニョンがうなずいた。ジュノが冷蔵庫からジュースを取り出してコップに注ぎ、ソニョンの前に置く。ジュノの姉ユジンは、そんなソニョンの顔をじっと見ていた。

「楽にしてくださいね」。ユジンが言った。

「そうそう。何もしなくていいよ。ただ座って、美味しいもの食べて遊んでいきなさい」

ユジンの父が、持ち前の人の良さそうな笑いを浮かべて言う。ソニョンはジュースを一口飲むと、キッチンの方へ目をやった。キッチンでは、ユジンとジュノの母であるジョンスンが忙しく夕食の支度をしていた。

「お箸でも揃えます」。ソニョンが立ち上がりながらそう言った。

「いいんですよ。お客様だもの、楽にしていてね」。ユジンのちょっと断固たる口ぶりに、ソニョンはまた腰かける。

「あと半月ぐらいだよね？」ユジンが食卓を整えながらジュノに尋ねた。

「そうだよ」

「会社に行きながら結婚準備をしていたら、ずいぶん忙しいでしょ。週末だって招待状のことなんかで忙しいでしょうに、こんなふうに呼びたてちゃって……」。ユジンがソニョンに言った。

「お義父さんのお誕生日ですもの、当然です」とソニョンが答えた。「それとお義姉さん、もう楽な言葉遣いにしてください」

ユジンは中途半端に立ち上がったソニョンの困った顔を見やった。

祖母が亡くなって以来、父の誕生日はいつも外食だった。何より、父が外食を望んだのだ。毎日家の飯ばっかりじゃ飽きるというのがその理由である。当然、今年も豚カルビか刺身でも食べに行くものと思っていたのに、母ジョンスンが、家で食事すべきだと頑なに主張した。ソニョンを招待したのもジョンスンだった。

ユジン一家がソニョンに初めて会ったのは一ヶ月前、ジュノとソニョンの両家顔合わせの食事会でのことだ。

顔合わせは古い中国料理レストランで行った。クリーム色の壁紙が張られた真四角の部屋で、大きな窓からは南山《ナムサン》の全景が見えた。天井の明かりが穏やかに部屋を照らしている。古いが、流行を追わず、清潔にリフォームされているようだった。

「ソニョンの母親が生まれる前から来ていた店なんです」。ソニョンの祖父が言った。彼は精一杯笑おうと努めていた。その表情からは、男性側の家族の気分を損ねないようにしなくては、という恐れがかいま見えた。彼の妻、ソニョンの祖母も同じ表情をしている。二人は、小さな表情一つ、言葉一つも細心の注意を払って選び抜いているように見えた。その隣に座ったソニョンは、落ち着いて堂々としていた。気に入られようとして作り笑いをすることもなく、言うべきことがあればはきはきと自分の意思を伝えた。

グレーのパンツスーツを着たソニョンは、セミロングの髪を後ろで束ね、眼鏡をかけていた。薄化粧をしただけで、アクセサリーは何もつけていない。ジュノがなぜ彼女に惹かれ、結婚まで決心したのかユジンは想像がついた。ソニョンはきちんとした、まっすぐな人に見えた。

「私どもは私どもなりにソニョンを育ててきましたが、父母がいないものですから、至らない点が多いことでしょう。それを欠点と思わず、このように受け入れてくださって本当に……」。ソニョンの祖父はうつむいてしばらく言葉を失った。「どうぞ、よろしくお願いいたします。うちのソニョンを」

彼がそう言うと、ソニョンの表情は凍りついた。

「欠点なんてことがありますか。こんなにきれいで頭のいいお嫁さんをいただいて、ありがたいことです。これまでご苦労が多かったことでしょう」。ユジンの父が高粱酒を飲んで赤くなった顔で笑いながら言う。

こうしてソニョンの祖父と祖母がかしこまって話している間、ジョンスンは何も答えず、酒の一杯も飲まず、赤い顔をして皿に視線を向けていた。儀礼的なあいさつを何言か述べただけで、あとはずっと黙って食べており、ジョンスンの向かいに座ったソニョンはその沈黙を大したこととは受け止めていないように、ユジンやユジンの父と会話していた。

ジョンスンが初めて口を開いたのは、結婚式の規模の話が出たときだった。両家双方から五十人ずつ呼ぶだけのスモール・ウエディングにしようという話はすでに、顔合わせ前からの決定事項だった。式を挙げるレストランについて話しているソニョンの言葉をさえぎって、ジョンスンが割り込んだ。

「とはいっても、両家ともに初めての結婚式なんですから、よそと同じようにやるのがよくありませんか。うちの方の親戚だけでも四十人にはなるでしょう。その人たちを呼ばないのも失礼だし」

「おまえは黙ってなさい。これは子どもらの結婚かね、おまえの結婚かね？」ユジンの父が穏やかな声でさえぎった。ユジンはジョンスンを無表情に見ているソニョンの顔を見た。

「だけど……」

「まったく、おまえは」

「お母様のお考えが違うのでしたら……」。ソニョンの祖父がジョンスンの表情を探りながら言った。

「いいんですよ。この人の意見に気を遣うことはありませんから」。ユジンの父が言った。

ソニョンの祖父が食事代を払うのを見ても、ジョンスンはありがとうの一言もなく、レストランの外に出てしまった。自分にはそれぐらいの権利はあるというように。

ソニョンとソニョンの祖父母が帰ると、ユジンはジュノの車の助手席に乗った。後部座席には彼女の両親が並んでいた。四人はしばらく何も言わなかった。南大門を過ぎるとようやく父が口を開いた。「とてもしっかりして礼儀正しいな。家庭教育がちゃんとしているよ」

「頭のいい子なんだ。入学したときは学部の次席で、卒業は首席だったよ。まじめだし優しいんだ」。ジュノが言った。「僕、運が良かったよ。どう考えてもね」

「あんた、ほんとに体一つでソニョンさんのマンションに行くんでしょ。恵まれてるわねえ」

ユジンが言った。ジュノに言った言葉だが、実際にはジョンスンに聞かせているのだ。サイドミラーで後ろを見ると、ジョンスンは目を閉じて車窓に頭をもたせかけている。きゅっと結んだ薄い唇が憎々しく見える。

「あんた、ほんとにソニョンさんに優しくしなくちゃだめだよ」。ユジンが言った。

「これ、お義父様にプレゼントです」。ソニョンが、舅になる父にデパートの紙袋を一つ手渡した。「大したものではありませんけど」。

父は包装紙を破って箱を取り出した。春秋もののゴルフウェアの上下である。

「こんな高いもの、もう持ってきちゃいけないよ。ずいぶん高かっただろう」。口ではそう言いながら、父はうれしそうな顔を隠せない。

「どうだ、似合うかね？　ありがとうよ。嫁は子に勝るっていうけどほんとだなあ」

ユジンはそんな父の姿を見ているジュノを見ていた。プレゼントをもらった当事者よりもうれしそうなその顔を。

ソニョンはジュノが家族に紹介した初めての恋人だった。

「私はどうにも、気に入らないね」

ジュノに恋人がいることを聞いた直後から、ジョンスンはユジンに電話でそう訴えていた。

「近所の人たちに聞いても、息子の恋人はみんな、結婚話が出るより前にちゃんとあいさつに来たって言ってるのに。ジュノもジュノだよ。あの娘とつきあいはじめてから、顔を見るのもひと苦労だ。あの子にすっかり魂を奪われちゃってさ」

「私、今、仕事なんだよ。勤務中に電話してこないで」

「あんた以外の誰にこんな話ができますか」

「切るよ」

携帯をマナーモードにした後も、ジョンスンからはずっと着信が続いていた。ユジンは留守電を確認しても、ジョンスンに電話しなかった。

「私にはあんたしかいないのよ」というメッセージを、ユジンは長いこと聞いてきた。もの心つく四、五歳のころからユジンはジョンスンへの責任感を感じていた。昼寝から目を覚ますと、自分の顔を見つめているジョンスンの若い顔が見えた。泣いた後で目が腫れていることもあれば、まさに泣いているときもあったが、いちばん怖かったのは、自分の顔をじっと見つめるジョンスンの歪んだ顔だ。ちょっとでも気の持ちようがねじれたら、お母さんは私を殺すかもしれないとユジンは思った。

ユジンはジョンスンを喜ばせるために、ありとあらゆる方法で努力した。学校で起きたことをおもしろく脚色して話したり、ジョンスンが吹き出すタイミングがわかると、似たような言葉や行動を選んだりした。ジョンスンの顔に笑いが浮かぶとき、ユジンは寒々しい安心を感じるのだった。

いつからだったろう。ジョンスンがユジンに自分の気持ちを一々語り始めたのは。ユジンはジョンスンを愛していたので、彼女が味わった苦痛を聞いて、いつも心が引き裂かれそうになった。ユジンは聞いた、誰もいないときにおばあさんがジョンスンにどんなことを言うか、父がどんなふうに、まるでそこにいない人のようにジョンスンを扱うか。父との結婚が、彼女にどんな苦痛を与えたかについて。

「あんたは奥の深い子だわ」。ジョンスンはそう言った。一見、その通りだった。ユジンは小さいころから自分自身の心の底を掘っては、人に言えない話を埋めなくてはならなかったのだから。

誰に言えると思う。

誰が私の言うことなんか聞いてくれるの。

ジョンスンはそう言った。小さいときは、お母さんは自分を認めているからそんなことを言うのだと思っていたが、その言葉は時が経つにつれてユジンを固く締めつけた。弟が生まれた後も同じだった。ジョンスンは、息子には自分の辛さをくどくどと語ったりしなかった。息子に迷惑をかけてはいけないと思っていたから。

「僕は、君んちのお母さんは賢明だと思うな」。ユジンの彼はそう言った。「姑に一生仕えて揉めごとを起こさず、お父さんを内助の功で助けて、子どもたちもちゃんと育てて」

「賢明ってどういうことかな」。ユジンが尋ねた。

「家族のために自分のことは後回しにして犠牲になることだよ。僕はそれ、すばらしいと思う」

「でも、幸せじゃなかった」

「君の基準で見ればそうだろう。昔の人の生き方を、君の基準で判断するからだよ」

「幸せではなかったのよ」

「その代わり、君にとっては良かったじゃないか？　お母さんが家にいてご飯も作ってくれたし、楽をさせてくれただろ、違う？」

「……」

「君は知らないんだよ、母親がいない家に帰っていくのがどんな気持ちか、共稼ぎでやっと食べていける家で育つのがどういうものか。僕は、自分の子にはそんな経験を受け継がせたくないな」

彼の言う賢明な妻、賢明な母とはどういう意味だったのだろう。耐えに耐えてさらに耐える、そんな人。男のやることに文句をつけない人。男と子どもたちに究極の安らぎを与えてくれる人。自分の欲求は押し隠して、他人の欲求を満たしてくれる人。自己主張がないか、弱いために、いざこざを起こすこともない人……彼が「賢明」という言葉を口にするたび、ユジンは拒否感を抱いた。

　夜九時過ぎ、ジョンスンはまたユジンに電話をしてきた。

「いくら何でも、布団の一組も用意しないなんてことある？」ジョンスンが言った。

　会社勤めはしているものの、ろくに貯金のないジュノが、ソニョンの家に身一つで入る形の結婚だった。ソニョンが遺産として受け継いだ二十四坪のマンションには、什器も家具も全部揃っている。それでもジョンスンは、結納品まで省略したのは自分に対して無礼な仕打ちだと考えていた。

「お母さん、今、自分がとんでもないこと言ってるってわかってる？」

「だけど……」

「そんなことばっかり言ってると、私、怒るよ」

「だって私のこと、無視してるみたいじゃない。全部、そうだよ。正月のすぐ前に挙式して、正月には新婚旅行に行くっていうんだから。せっかく嫁が来たのに、正月の支度を私一人でやれっていうの？　嫁が来た甲斐がないじゃない？　人聞きも悪いわ」

　ユジンはバスの窓に映った自分の顔を見やった。化粧は浮き、髪は乱れている。ユジンは電話から耳を離し、ジョンスンの話が終わるのをひたすら待った。長く、辛い一日だった。三十代半ばになるにつれて体力が落ち、以前は精神力で乗り切れたことでもすぐにつまずく。どんなに辛くても涙は出てこないし、手足もすぐこわばったりしびれたりする。ユジンはジョンスンに言いたかった。私にも生活があると。私にも私なりの苦労があると。どうしてお母さんはそんなに一方的なの、と。

「女が博士になってどうするのさ。留学までした子が傷物でないわけないわ……」

ユジンは電話を切り、手で顔をおおった。

「あの中に処女が何人いると思う」。ジョンスンはテレビに女性芸能人が出てくると、そんなことを言った。彼女は夫との初体験まであまりに性的に無知で恥ずかしかったということをやたらと自慢げに話すのだった。「全部あげちゃったら、男は変わるって言うし」「女と違って男は自分の性欲をなだめられないんだよ」。そんな言葉を聞いていると、もっと若かったころのユジンは性欲を感じる自分を怪物のように感じたものだ。

ユジンは思い出す。彼女が十九歳のころ、テレビの朝のバラエティ番組に出ていた中年の女優たちが言っていたことを。彼女たちは同棲経験のある女性を、他人が途中まで食べて捨てたマクワウリや、一度はいて捨てた靴下にたとえていた。それよりもユジンを傷つけたのは、微笑を浮かべてうなずきながらそれを見ている母の姿だった。お母さん、私はマクワウリでもないし靴下でもないのよ、私は人間よ、とユジンは思った。

彼女は二十七歳で家を出た。今住んでいる築三十年のマンションに半チョンセ*で入居したのは、三十二歳のときだ。職場から地下鉄で四十分のところで、実家からも一時間半ほどかかる。母と離れて暮らすようになってから、ユジンは慢性偏頭痛に苦しむことがなくなった。頻繁に起きていた急な胃もたれも消えた。ストレスのためにみぞおちがひどく痛み、そこを手で強く押さえすぎて痣《あざ》になるほどだったが、それも治った。

母を振り払うために、ユジンは精一杯努力して非情にならなければならなかった。荷物を載せたトラックと一緒に出ていくユジンを見ていたジョンスンのやせた体を彼女は覚えている。年のいった子どもが両親のもとを離れるのは至って自然なことだと自分に言い聞かせながらも、心の中では母を捨てたという罪悪感に打ちのめされていた。

独立後、時間が経つにつれて、ユジンは一歩離れてジョンスンを見ることができるようになった。ジョンスンに対して抱いていた罪悪感が怒りに転じるまでには、長い時間は必要なかった。子どもの小さな肩にあんな重荷を負わせた母に、また母の窮状を放置していた家族たちに、ユジンは限りない怒りを感じた。

「お父さん、お願いを言ってみて」。ジュノが言った。父はケーキの上のろうそくを吹き消した。

お誕生日おめでとう。お誕生日、おめでとう。

父の誕生日が近づくと、ユジンはどうにも元気がなくなった。みんなには気づかれないようにしていたが、ユジンの心は自分に嘘がつけず、ひとりでに沈んでしまう。祖母が亡くなるま

＊ チョンセは韓国特有の賃貸形式で、入居時にまとまった保証金を大家に預け、月家賃は発生しない。退去時に保証金は全額返却される。半チョンセはそのバリエーションで保証金が少なく、月家賃が発生する。

で、父の誕生日は一家の行事だった。満足げな表情の祖母と叔父叔母、その配偶者やいとこたちまでみんな集まって一家の長の誕生日を祝った。祖母が亡くなるとともに、集まりは自然消滅した。

ユジンの祖父は孝行息子だった。祖父は自分の妻を、自分の一族と自分の母の召使いのように思っていた。ユジンの父はそんな父親の下で育った。父にとって、自分の母は世界一気の毒な存在だったのである。彼は母に報いてくれる女を探した。母の重荷のすべてを代わりに背負ってくれる女、母の代わりに家じゅうの嫌なことをすべて引き受けてくれる女、友だち一人いない母の話し相手になってくれて、誰も覚えていない母の誕生日に早朝から起きて祝いの膳を整えてくれる女、ぽちゃぽちゃしたかわいい孫を生んでしっかり育ててくれる女。父は高額の年俸が約束されたパイロットだったから、そんな女を手に入れる資格があった。

父は航空会社への就職を前にして、友人の妹だったジョンスンと結婚した。そして結婚と同時に、故郷で一人暮らしをしていた母親を新婚家庭に迎えた。毎月きちんと稼ぎ、家庭基盤を安定させることで彼の役目はおしまいだった。自分がどんな夫になるべきか、妻に対してどんな役割を果たすべきかについて、彼は何の関心もなかった。それがユジンの父であり、ジョンスンの夫だった。

ジョンスンの実父はジョンスンが一歳になったころに亡くなった。ジョンスンの母は、夫と共に経営していた反物屋を一人で切り盛りするためにいつも忙しかった。だからジョンスンは幼いころから、誰もいない家に一人で帰ってきて掃除をし、洗濯をし、兄の食事を作った。夫なしの一人ぼっちで自分たちを育ててくれる母が気の毒で、その恩に報いたかったので、それらの役割を引き受けたのだ。ユジンから見ると、自分の母親を助けるためのジョンスンの努力のすべては、愛情を得るための物乞いのようなものだった。

ジョンスンは母を喜ばせるために、兄の友人だったパイロットと結婚した。彼女はそもそも、結婚にまつわるロマンチックな愛の神話を信じていなかった。若ければ若いほど条件の良い男に会えるという計算のもとに何度か見合いをして、いちばん条件のそろった男とつきあったのだ。彼女は、自分の母親が反物商として働きながらいちばん羨んでいた奥様になりたかったのだ。苦労せず、夫がこつこつ稼いでくれるお金で子どもをちゃんと育て、何不自由なく暮らしたいという母の望みを、自分の進むべき道と考えたのだ。

ジョンスンは姑と一緒に暮らすうちに、この家におけるカップルとは自分と夫ではなく夫と姑だという事実をありのままに理解した。夫と姑の絆の中に、自分の居場所はなかった。夫は月給をすべて姑に渡し、姑が彼女に生活費を渡し、毎月家計簿の数字を見せることを要求した。ジョンスンが自分の下着でも買ったら贅沢だと難癖をつけられ、息子に苦労をさせるのかと叱責された。百ウォンたりとも嫁の実家に流れることを許さず、盆暮れや母親の誕生日に実家に行くことも禁止だった。生活費は少ないのに、食膳には夫の食べる肉料理を載せなくてはならなかったため、彼女は次第に計算にうるさい細かい人間になっていった。

ジョンスンは夫が家に寄りつかないのが寂しいという他のパイロットの妻の言い分を聞いて、けげんに思った。無我夢中で家事をこなし、子どもを育てながら、彼女は「寂しい」というその言葉についてじっくり考えてみた。寂しさというのはいったい何なのだろう。一晩じゅう眠らずに泣きつづける敏感な子どもの世話をしながら、壁の方を向いて乳を飲ませながら、彼女はそう思った。そんなとき、理由のない涙が頬を伝った。寂しさに慣れすぎ、それが当たり前すぎて、寂しさというものがいったい何なのかわからなくなってしまっている自分の姿を見ながら。寂しくない状態を知っていてこそ、寂しさが何なのか距離を置いて考えることができるのだろうが、彼女にはそれができなかったのだ。

「あんたは私の唯一の友だちよ」。ジョンスンはユジンにそう言っていたものだ。「娘がいて本当にラッキーだった」と。

いつもユジンだった。ジョンスンに暴言を浴びせてうさ晴らしをする祖母に腹を立てて立ち向かったのも、そのために父に横っ面を張られたのも、ジョンスンと一緒に茶礼*の膳や法事の際の膳を調え、無礼な親戚たちに料理と酒を運んだのも、手首と腕の靭帯を損傷したジョンスンを連れて整形外科に行ったのも、眠れないジョンスンを説得して精神科に連れていったのも、ジョンスンの理由のないいらいらや、自尊感情をけちらすようなきつい言葉を受け止めてやったのも。

全部、ユジンだった。

ユジンから見れば、ジョンスンは人の言葉に洗脳されていた。パイロットの夫を持てて運が良いという姑の言葉に、そんなに甲斐性のある男が妻を殴りもせず浮気もしないのは珍しいという実母の言葉に。ジョンスンは夫や姑がどんなに不当に自分を扱っても、まともに対抗することができなかった。ユジンが母の代わりに父や祖母に仕返しをするとジョンスンはあわてふためき、逆にユジンを叱った。「おばあちゃんのおっしゃることに間違いはないのよ」。ジョンスンはそう言った。

そんなジョンスンにユジンはもう耐えられなかった。姑の死と夫の退職の後、ジョンスンは雪玉をころがすように、満たされなかった過去の感情をふくらませていった。ジョンスンはやつれ、落ちくぼんだ目で世の中を眺めわたした。小さなことに大きく腹を立て、自分以外の女をしばしば辛辣に非難した。

ジョンスンの救いは、息子とともに過ごす時間にあった。ジュノが時間を作ってデパートにでも一緒に行ってくれると、目を輝かせて息子と腕を組み、ずっと笑っていた。あの子はどうしてやたらと外出するんだろうとジョンスンが心配していたころ、ジュノはもうソニョンとつきあいだし、デートをしていたのである。ジュノが恋愛をしていることを知った後、ジョンスンはユジンに何度も電話をして不満をぶちまけた。

子どもを育てたって、何の甲斐もないね。

つまらない。

「楽にしていてちょうだいね」。ユジンは台所まで来たソニョンにそう言った。

＊ 正月や中秋などに行う伝統的な先祖供養の祭祀。

「いっそ何か運ばせてもらった方が気が楽なんです」とソニョンが言う。どういうことかわかるでしょ、とソニョンがユジンに目で訴えている。

「ほら、このテーブルに載ってるものを食卓に運んで。それとあそこの棚のコップ、見えるでしょ？　コップに水を注いでお父さんに最初にあげて」とジョンスンが言った。「水一杯でもいい加減にしないで、ちゃんとお盆に載せて運ぶのよ」

「お母さん、ソニョンにやらせないでよ。ソニョン、こっち来て座ってて」。ジュノが言うと、ジョンスンが「あの子が自分でやるって言ってるじゃないか」と言い返す。

ソニョンが料理をお盆に載せて、居間に持っていく。こうして、牛肉入りのわかめスープ、カルビの煮物、チャプチェ〔野菜と春雨の炒め物〕、鶏肉入りの春巻き、スンデ〔韓国風ソーセージ〕の炒め物、キムチがお膳に並んだ。

「さあ、食べよう」。ユジンの父が言った。

「お母さん、ソニョンは肉が食べられないって言っといたじゃないか。こんなに肉だらけでどうするのさ」。ジュノが言った。「僕、今朝も電話で言ったのに」

「大丈夫よ、チャプチェもあるし……」。そう言うソニョンの耳元が赤くなっている。

「待ってて。僕が卵焼いて、海苔持ってきてあげる。卵なら食べるだろ」。ジュノが言った。

「あんたは黙ってなさい」とジョンスンが言った。

「初めての招待で食べるものがないなんて……」。ユジンの父が口ごもる。

ソニョンの白い顔のあちこちが、誰かに叩かれたように赤くなった。

ユジンにもそんなことがあった。彼の家に遊びに行ってぎこちなく座っていたことが。彼が両親の誕生日にユジンを呼んだのだ。仲良し家族だと、彼はそう言っていた。自分の家族について、良い人ばかりだよという一言をつけ加えた。

彼は狭い集合住宅で両親と姉と一緒に暮らしていた。小さな部屋一つと居間が一つだけだったが、彼が小さな部屋を一人で使い、残りの家族は居間で生活していた。彼とは十九歳のときからつきあっており、その家に出入りするようになったのは二十二歳のときだ。結婚話が出たのは、ちょうど二十三歳になったころ。そのとき彼は二十九歳だった。すべてが自然な流れのように感じられた。男性側がもう適齢期で、恋愛期間も長かったから。それでも、彼の家を訪問して家に帰ってくるといつも疲れてくたくただった。ユジンがユジン自身だと信じている部分がそぎとられて、痛むような気分だった。

その家でユジンの未来は、彼と彼の家族によって別の設計をされた。ユジンは大学教育を受け、女性学の講座も受講したけれど、彼の家族の前では何となく、彼らによく思われそうな行動をとった。そうしようと努力していた。彼とのもめごとを避け、関係を続けるためにあんな態度をとったのだろうか。「自分の女」を連れていって両親に認めてもらいたがっている彼の欲求を、ユジンは頭では理解できた。ユジンが理解できなかったのは、そして振り返ってみたくもなかったのは、そのときのユジン自身だった。

彼と別れたときユジンは二十五歳だった。彼は三十一歳。ユジンの方から去った。理由は簡単だった。

彼が嫌になったのだ。多分、別れるしばらく前からもう、そうなっていたのだろうとユジンは思い返す。彼は、自分が貧しいからユジンが去ったのだと主張した。結局、自分より下の階級の男とは結婚できなかったんじゃないかと。それを聞いてユジンは、この人と別れられなかった理由が少しはわかった気がした。多くを持つ女が貧しい男との婚約を解消してしまうというパターンのドラマ。彼女はそんな、ドラマの中の悪女になりたくなかったのだ。

もっともっとと多くを望む女。強欲な女。そんな女になるまいとしてどんなに頑張ったか。もらうより与える方が素晴らしいと教わり、男性に要求するだけの俗物にならないためにどれほど努力したか。そんな努力さえ、中産階級の虚飾だと彼は言った。

関係が不安定になりはじめたとき、彼はまたあのときのことを持ち出した。

「あの農村での活動のときだって、君は……」

その思い出がユジンの良心を揺さぶるはずだと思ったのだろう。ずっとそうやってきたから。彼の言う通りだ、彼が正しいとユジンも信じてきたのだから。またもやあの話を持ち出す彼を見た瞬間、彼女の心は彼から離れたのである。

「言ってみなさいよ。あのとき農村で十九歳の私が何を味わったか。ありのままに言ってみてよ」

彼の顔には軽蔑するような微笑が浮かんだ。「それが君の階級的限界なんだろうな」

心の中で彼に見切りをつけて帰ってくる夜道で、ユジンの目の前には、自分で自分の味方をしてやれず、とまどい、苦しんだ若いころの自分の姿が見えた。

農村に行くのは初めてだった。日が昇る前から畑に出て、正午まで息をつく暇もなく働いた。何の不平も言わず黙々と畑仕事をする農民たちに、ユジンは驚きと罪の意識を同時に感じた。中産家庭で辛い労働を何もせずに育った自分の階級的特権を恥じ、農民の生活をつい人ごとのように眺めてしまう自分の安易さを感じ、それが骨身にしみて辛かった。

ユジンは熱心に活動に参加した。夜になると会館の前でサークルのメンバーや村の住民たちと集まって焼酎やマッコリも飲んだ。酒宴の準備は村の女たちの仕事である。ユジンや他の女子学生が彼女らを手伝い、男子学生は宴席で男たちと話し込んでいた。

「どうしてこんなに肌が白いんだろうねえ。ほんとにきれいだねえ」。村のおばさんたちはユジンにひっきりなしに感謝してくれた。みんな涙が出るほど優しく、温かく接してくれた。長くもない期間だったが、ユジンは村の人たちに親近感を覚えるようになった。

しかし、変だと思うこともあった。「お姉ちゃん」と呼ばれたとき。「若い女学生がいるから酒がうまい」と言われたとき。

そこには四十歳ぐらいの男性がいた。髪を切りそびれて、ほとんどおかっぱぐらいに髪が伸びており、顔は日に焼けて無口な人だった。彼は村でいちばん若いグループに入っていた。

村の男性たちは、サークルの女の子たちに「あいつはどうだ、独身だよ」と冗談を言ったりする。初めは笑ってやりすごしていたが、何人かの男性はしつこくずっとその話をした。車座になって酒を飲んでいるときにその男性がユジンをじっと見つめ、みんなが「君のことが好きなんだろう」と冗談を言って笑った場面が思い出される。

不快だった。だが、そんな気持ちを表に出してはならなかった。学生と農民の連帯のために来たのに、個人的な感情を表に出してはいけないと思ったのだ。不快な様子を見せて、その男性に、そして彼に代表される村の人たちにばかにされたと感じさせてはならなかった。

活動の最後の日を前にしてその事件は起きた。

それが性暴力だったのか、そうではなかったかをめぐって、サークル内部で討論が持たれた。そこには、活動には参加しなかったユジンの彼も参加していた。会議は長びいた。参加者の半数以上が男子学生で、彼らは、その事件を「軽いセクハラ」と規定し、次回の活動からは性暴力根絶教育を実施することに決定した。

その席に目撃者がいなかったので、ユジンは何度にもわたってあの瞬間のことを証言しなくてはならなかった。「たかがそれっぽっちのことでごたごた言うのか?」という表情を隠せないメンバーたちに囲まれて、ユジンは何度も傷ついた。「大げさなんじゃないか。そのぐらい、ちょっと転んだのと同じなんだから、立ち上がってさっさと忘れるべきだ」。男女を問わず何人かの先輩が陰でそう言っているという噂を聞いたときユジンは傷ついたが、もしかしたら彼らの言う通りなのかもしれないと思った。みんなが頑張って準備した活動を台無しにしたという思いから逃れることはできなかった。

初めてそのことを聞いたとき、彼はユジンに腹を立てた。なぜあんな夜中に、人のいないところに一人だけでいたのかと。怒りをぶちまけた後で彼は、自分も活動に参加していたらこんなこともなかったのにと言って自分を責めた。

そしてユジンは、サークルを離れた。

一学期が過ぎたころ、はずみで農村での活動の話になり、酔った彼が言った。

「はっきり言って、君は……その男が貧乏な農民だったからなおさら不快だったんじゃないか？　その人が領域を侵犯したみたいな感じで」

「……」

「君みたいなプチブル出身の限界だよな。だからあそこでも、農民の現実よりそんなささいなことに目が行っちゃったんだろう」

「ささいな？」

「みんなで楽しく過ごそうとしてたんだし、農民との連帯から学ぶところも多かったのに、君はただ自分の気持ちばっかり考えてただろ。君は、自分があの人たちに比べてどんなに有利な立場にいるか理解しなくちゃ。世の中の人がみんな、君みたいに高い教育を受けてるわけじゃないよ」

翌日彼は、言いすぎたとユジンに謝った。彼女は謝罪を受け入れ、それ以後も彼との関係を続けた。しかしその後も何度か、彼はあの日のことに触れた。誰かが「ユジンがごたごたを起こした」と言ったことも彼から聞いた。彼は、ユジンは神経質で社会性が欠けているから心配だと口癖のように言っていた。

　彼はなぜあんなふうに信じ込んでいたのだろう、とユジンは思った。そして私自身も、自分はこういう人間だと、自分の思い、考え、自分の言葉で説明しようとしていただろうか。どうして彼はあんなふうに、私を簡単に分析できると信じ、自信満々だったのだろう。彼の抱いていた確信が、三十代半ばになった今でも彼女には理解できなかった。

　いつだったか、彼と大学路《テハンノ》にあるジャズバーに行ったことがある。学生には高価なカクテルを二杯飲んで音楽を聞いた。二人の後ろで中年の女性が何人か、笑いながら話していた。

「ああいうのを有閑マダムっていうのかな?」

　彼は後ろを振り向いてから、軽蔑するように言った。自分には誰かをそう呼ぶ権利があるというように。

　労働者階級出身であることを云々しながら、ユジンに借りた金を返さず、デート費用の大部分を彼女が払うのを当然と思っている彼の口から出たその言葉。急進左派だという彼の口から出たその言葉。

　私はどうしてあの人にがまんしていたのだろう。

　ユジンは十年も前のことを振り返るたび、自分自身の本心をあざむいた代価がどんなに大きかったかを理解した。友だちに、あんたたちは何事もなくうまくいってるみたいねと言われて安心していた若い自分の顔を、彼女は見つめた。このぐらいならまあいいだろう、このぐらいなら無難だろうと自分をだましつづけてきた時間を。他人の不当な経験には怒り、抵抗するのに、いざ自分が不当な目にあうとユジンは必死でそこから目をそむけようとした。そんな自らの卑怯さは、しばらく時が過ぎてようやく認めることができたのだった。

食事が終わり、ユジンはりんごをむいた。それをソニョンが不安そうな顔で見守っている。

「私にください、私がむきますから」。ソニョンが言った。

「それはもういいわ。これ食べたら、一緒に洗いものをしましょ」とジョンスンが言う。

「お母さん」とユジンが言った。「私がやるわよ。ソニョンさんはお客さんなんだから」

「私、やります」とソニョンが言う。

「ほら、自分でやるって言ってるじゃないの」

ジョンスンはそう言い終わるや否や、台所からゴム手袋とエプロンを持ってきた。

「お母さん」。ジュノがジョンスンの持ってきたものを取り上げた。「僕、ソニョンの家で、ソニョンのおばあさんに、僕の好きなものばっかり作ってもらっておなかいっぱい食べてきたんだよ。ソニョンにこんなことさせないで」

「じゃあ私はどうなるの。私がやりたくてやってると思ってるの？」ジョンスンはジュノの手からゴム手袋を神経質にひったくるとそう言った。

「いったいどうしたんだね、今日は。ソニョンさんがびっくりするじゃないか。だから外食にしようって言ったのに。誰もやれと言ってないのに自分が作ると言い張って、これじゃ、外で食べた方がよかったじゃないか？」父が言った。ジョンスンは台所に行って、蛇口をひねった。

「私がやるわよ、お母さん。お母さんはちょっと休んで」。ユジンが言った。ジョンスンはゴム手袋をはめて食器を洗いはじめた。

「おや、まだいいじゃないか、もうちょっといなさいよ」。父が立ち上がったソニョンに言った。

「ソニョンは今日、仕事で朝の五時に起きたんだよ。ちょっと寝ないと」。ジュノが言った。

「お誕生日おめでとうございます。私はこれで失礼します」

ソニョンはジョンスンと父に別々にあいさつして外に出た。家にはユジンとジョンスンと父だけが残った。父はテレビをつけて、ソン・ソッキ*のコメントを聞いている。

ユジンはジョンスンの隣で、ジョンスンが洗剤で洗い上げた食器を拭いた。自分が本能的にジョンスンの気持ちをうかがっていることを意識しながら。

「嫁になる子に、あの程度のこともしてもらっちゃいけないの?」

皿洗いを終えてシンクの水気を拭いていたジョンスンが一人言を言った。

「私は、お義母さんを実の母さんみたいに思ってたのに。あの人の言うことをよく聞いたし、尊敬してたし。それなのにあの子は……私のことを……」

ジョンスンはシンクに寄りかかった。

「それでおばあちゃんはお母さんに何をしてくれたの? ほんとにひどい、不当な扱いだったこと、よく知ってるじゃない。なんでそれを認めないの。今、お母さんは誰に怒ってるの? ほんとにソニョンさんに怒ってるの?」

「みんなにばかにされてきたのよ。今じゃ嫁になる子も私をばかにする。あの子がちょっとでも手を濡らしたら一大事みたいに。それじゃ私はどうしてこんな人生なのさ。貧乏な家から嫁に来るとこんな目にあうの？」

ジョンスンの目に涙がたまった。ジョンスンはいつも、自分の行動の意味を求めていた。どんなに辛くても、自分の行動は正しく、尊いことだと思って耐えてきたのだ。ユジンもそれはわかっている。誰に強要されたわけでもなく、すべて自由意志で、自分の信念の通りに生きてきたと信じることでジョンスンはやってこられたのだと。そんな母が今、自分の人生を「こんな人生」と言っている。

「おばあちゃんがお母さんにやったことを、ソニョンさんにやろうとしないでよ。お母さん、それは違うでしょ。誰にもそんなふうに、ほかの人を苦しめる資格はないんだから」

「あんたが私に何を教えようっていうの？」

「お母さん」

「両親もいない子を受け入れてやったのに」

ユジンはそう言うジョンスンの薄い唇を見つめた。血が素早く頭に上る音が聞こえた。

「そんなふうだと、お母さんのそばには誰もいなくなるよ。そんな醜い考え方する人、顔も見

＊ 韓国を代表する進歩派放送ジャーナリスト。自らキャスターを務める番組でパク・クネ前大統領の国政機密漏洩事件をスクープ報道したことでも有名。

たくないし、話もしたくない。帰るわよ」

ユジンは台所のタオルで濡れた手を拭き、居間のソファーへ行ってバッグを取った。

「泊まっていくって言ったじゃないか」。ユジンの父が言った。「お母さんとけんかするのやめなさい。何で皿洗いのことでそんな神経戦になるんだ、女どもは。そんなにご大層な労働なのかね。お互いに譲り合ってこそ家庭の平和があるんだぞ」

「あーあ……平和、ね」

ユジンは靴をつっかけて家を出た。


ユジンが八歳のころ、ジョンスンは買いものかごを持ったまま玄関のドアの前で卒倒した。下駄箱の前にうずくまっていたかと思うと、そのまま後ろへ倒れた母親の姿をユジンははっきりと覚えている。救急車が来て母を搬送していったとき、大人たちはバースデーケーキのろうそくに火をつけていた。ケーキを囲んだ家族のなごやかな笑い声。ユジンは、まさか泣くこともできず身を固くしてそこに座っていた。

ジョンスンの片方の肺に水がたまっているとユジンは聞かされた。退院後も、大量の薬を毎回一つかみほども飲んでいた母の姿を思い出す。キムチを漬ける日、やせ細った母がジュノを背中におぶって、塩水に浸けた白菜をたらい一杯ずつ運んでいた姿も思い出す。そのときユジンは少しでも母を助けたくて、新聞紙の束の上に乗って皿洗いをした。

お母さん、覚えている？　ユジンは心の中で尋ねた。お母さんが倒れたのは、お父さんの誕生日だった。お父さんはお祝いの席にいた。だったら、お母さんを病院に連れていったのは誰なの。私は聞かなかったでしょ。お父さんがお母さんにつきそって救急車に乗ったと信じたかったからだよ。みんながそんなに残酷だなんて、思いたくなかったからだよ。お母さんがお父さんにとってそんな取るに足りない存在ではないって、自分自身に言いきかせるためだったんだよ。

マンションの前の広場を通るとき、誰かが後ろから走ってくる足音が聞こえた。

「ユジン」。ジョンスンの声だった。ユジンは振り向いた。ひどくふくらませた髪の毛の下に、しわの多いジョンスンの顔が見えた。

「お父さんの誕生日にこんなことするなんて。戻って、謝りなさい」

ジョンスンはまめのできた固い手でユジンの腕をつかんだ。ユジンはジョンスンの手をはねのけた。

「お母さんは、何とも思わないの」

「……」

「私にあんなこと言われても何ともないの。私の気持ちなんて、全然大事じゃないんだね。お母さんはいつもそうだった」

「ユジン」

「もう、私のことはほっといて。ジュノのこともよ。お母さんももう、自分が楽しめることを見つけてよ。他人を苦しめようとするの、やめて」

「だって……私……」

そう言うジョンスンの顔はいつにもまして悲しそうだった。ユジンはどう答えればジョンスンが喜ぶか知っていたが、それは言わなかった。

「じゃあね」

ユジンは背を向けて前に歩いていった。

「あんたに私の気持ちはわからない」。ジョンスンはやっと聞こえる程度の声で言った。ユジンは振り向かなかった。

ユジンはこれから何が起きるか知っていた。ジョンスンは今日あったことを忘れるだろうし、自分とユジンが交わした言葉を記憶から消すだろう。ユジンはそんなジョンスンを許すだろう。今までと同じくジョンスンの電話に出て、ときどきはジョンスンの顔を見に行き、食事をするだろう。けれどもユジンは、ジョンスンの今日の行動と言葉を忘れることはできないだろう。たとえ許しても、心から消せないことというのはあるものだから。これからもずっと顔を合わせるだろうけれど、今日のような時間が作り出した距離を縮める方法はない。その距離はユジンにある種のいたましさと、そして自由をくれたが、いつしかそれだけの悲しみももたらした。ユジンはその事実を受け入れた。愛によっても後悔によってもその悲しみを埋めることはできないという事実も。しかし今ユジンは、この、いつものくり返しから精一杯遠ざかろうとするだけだった。一人になりたいと思うだけだった。

ユジンは足を早めた。

作家ノート

家父長制は愛の反対語だというベル・フックス〔アフリカ系アメリカ人のフェミニスト〕の言葉をよく思い出す。家父長制に服従すればするほど、人は他者を愛し愛される力を失う。家父長制の権威主義、女性を男性の所有物以上にも以下にも見ない考え方、女性の考えと自由を奪おうとする試みは結局、誰にとっても幸福をもたらさない。家父長制はあたたかくやわらかい心臓を固い石のかたまりに変えてしまう毒のようなものだ。愛を失った人間はどうなるか。生きながら死んだ人間、美しいとはいえない存在になるだろう。私はそのような人間になりたくない。

女性主義は男女間に不要な葛藤を引き起こし、愛に反するイデオロギーだという考え方は間違っている。私は女性主義こそ愛に向かう闘争であり、愛を殺す家父長制の解毒剤だと思う。片方に一方的な屈従を要求するありとあらゆる方法で人間の尊厳を損なうやり方では、どんな人も幸せにはなれない。他人に屈従を要求する人も含めてだ。嫁だからという理由で、妻だからという理由で、母だからという理由で、娘だからという理由で受けてよい苦痛はない。ただ女だからという理由だけで苦しめられてよい理由などない。

お互いの自由を保証することでお互いを解放する愛情。そんな愛が可能な世の中を夢見ている。流さなくていい涙を流さなくてすむ世の中を夢見ている。

更年

キム・イソル

〈おもな登場人物〉

私…更年期を迎え、さまざまな悩みを持つ四十代の女性。主婦で、息子と娘が一人ずついる。

夫…会社員。妻との対話を大事にしているとはとてもいえない。

セフン…中学生の息子。非常に成績優秀な優等生だが、母親には理解できない行動をとる。

セウン…小学生の娘。アイドルのファンで、ダンスに夢中。

ユンソのママ…優秀な子どもを持つ母親グループの仲間。

母…結婚生活に強い不満を持ち、いつも離婚したいと言っている。

ジナ…妹。独身で海外旅行を趣味とし、自由に生きている。

陰毛にも白髪が出るということをみんな知っているのだろうか。足を開いて下を向き、隠部を見る。ひとりでにため息が漏れる。否定できない老化を目撃するのはあまり愉快なことではない。髪の毛の若白髪こそ、それだと思う。保湿クリームをべたべた塗っても皮膚の乾燥を隠せなくなってからかなり経った。宵の口に眠り込むことが増え、明け方に目が覚めてしまい、人の名前をしょっちゅう忘れ、眼科で老眼ですと言われ、あげくのはてに生理の出血が徐々に減ってきても、まあそういう時期なんだなと思う程度だった。でも、黒い剛毛の間につんつんと飛び出している陰毛の白髪はそれとは感じが違っていた。妙にばかにされたような気がする。毛抜きで、見えるものから手当たり次第に抜いていった。誰かに見られる可能性は万に一つもないのだが、自分自身が受け入れられない。

みんないとも簡単に言うのだった。更年期のせいだよと。その一言で何でも説明がつく。消化が悪く、月経前症候群がひどくなり、頻尿の症状が現れるのも更年期のせい、ささいなことにもがまんできず腹が立ち、どうってこともない状況に過剰反応してしまうのもそのせいだという。万事がめんどうくさくて何もしたくない、なんでこうなるのかわからないと言っても同じ答えが返ってくる。そうでもなければ、生理なの？　と質問されるのがお決まりだった。万能薬のように、何かにつけて耳にする「更年期のせいだよ」という言葉は要するに、まあ、わかったからそのまま暮らせという意味に聞こえ、結局は口をつぐむしかなかった。夜中にぼんやりソファーに一人で座っている日が増えたのも更年期のせいなのだろうか。暴食や頭痛は？しょっちゅう寒気がして、理由もなく冷や汗が出て、胸が痛かったり腹痛がするのも生理のせいなのか、それとも更年期の症状なのか。自分の体のことなのに自分では一つもわからない。

　家族がみんな出払った午前中、家の中はめちゃくちゃだった。ふたが開きっぱなしのおかずの容器がそのまま置かれた食卓、タオルと下着が散らかったバスルームの前、洗濯かごからあふれだしている服、充電器のコードがもつれあっているコンセント、ソファーの上にいいかげんに広げられた本、すべてがぐちゃぐちゃだ。収納棚も靴箱も、きちんと閉まっている扉が一つもない。濡れたタオルを拾い、びしょびしょになったバスルームの前の床を拭きかけて私は放り出した。バスルームの隅にはまたかびが生えており、床にはせっけんが転がっていた。朝から白髪染めをしたので、染料が浴槽やタイルの床にまではねてしみになっている。洗面台には夫が剃ったひげの粉末が歯磨き粉と混じって落ちている。どっと嫌気がさす。顔を洗った後は一度でいいからざっと拭いておいてくれと、十七年間言いつづけてきたのだ。十四歳の息子には十四年、十一歳の娘には十一年言ってきたが、一日もやってくれたことはない。

　当然私の仕事だと思っていたときがあった。夫は会社で働いているのだから、息子は学校で勉強しているから、小さい娘はまだできないから、家事は家にいる自分の役割だと思っていた。

日課を終えて帰宅した家族のために費す時間こそが自分の価値だと信じて生きてきたが、無駄だった。やっても目立たないが、やらなければもっと目立つのが家の仕事だ。会社は月給をくれるし、子どもらも成績表をもらってくるけれど、私は？　誰も認めてくれるわけがない。何もやりたくなかった。そんなときはむしろ、またふとんにもぐってしまうのが上策だった。

枕からは夫の匂いがする。枕を裏返して、頭のてっぺんまでふとんを引っぱり上げた。それから、下腹と腿の内側にゆっくりと触れてみた。片手で胸に、もう一方の手で下腹にそっと触れながら、いつものようにはるか昔の記憶を思い浮かべる。結局恋愛には発展しなかった大学の先輩との一夜とか、入隊百日めの休暇で出てきた二等兵のボーイフレンドと、華川《ファチョン》の旅館で際限なくお互いの体をむさぼった十二時間だとか、結婚話まで出たが結局別れることになった恋人との、優しくて悲しい最後のセックスなどの記憶を。手を少しずつ早く動かす。息づかいが荒くなり、両足に力が入り、ある瞬間に至ると頭の中が真っ白になる、その瞬間が長く続くようにと、さらに注意深く、優しく、自分の体をこすりあげる。

夫とのベッドは多分に儀礼的なものだった。主に土曜日の夜か、日曜日の夜中に行うのだが、興奮するような感度も刺激も消えて久しかった。一日三度の食事を食べ、夜は寝て朝に起きる日常と同じように、一月に二度ほどの肉体関係が、合法的な夫婦であることを証明する手続きか義務の遂行のようになっている。もちろん最初からそうだったわけではない。子どもを産むまではそれがお互いの感覚を確認する遊戯だったこともあるが、一時のことだ。夫はベッドで努力する男ではなかった。たまった精子を放出しているだけの男と感じることも多かった。前戯というほどのこともなく、やみくもに膝で下腹部をこすり、拒否さえしなければすぐに挿入する。配慮がなく、忍耐力もなかった。射精した後は、荒い呼吸を整えるとさっと立ってバスルームに行ってしまう男だ。だいたいは下衣を脱いだだけでするので、ベッドに残った私はティッシュで下腹部を一度拭いてパンツと寝間着を身につけておしまいだ。夫がまた横に来て寝る前に私は壁の方を向き、眠ったふりをする。いつも満足しなかったが、夫にはそれを気づかれないようにしていた。実は、どう伝えたらいいのかもわからなかった。私はふとんをはねのけて、大きくため息をついた。

ベッドにいる間に留守電が三回も入っていた。母と義母と、ユンソのママからだ。義母は来週の法事のことで、ユンソのママは集まりの件だろう。彼女がこんどの集まりに出られないことはわかっているのだから、電話までしなくてもいいのに。母からはすぐにまた電話が来た。

——何がそんなに忙しくて、何度も電話させるのよ?

——お母さんこそ、どんな急用があって朝から電話するの?

——娘にどうしても言いたいことがあるからだよ。自分だけ偉いと思ってるの?

ジナはどうしてる? 食卓のノートパソコンの電源を入れながら私はそう尋ねた。待ってましたというように、愚痴が続いた。

——一人で忙しがってるよ。何か疎外感、感じる。

疎外感という言葉に引っかかったが、話題を変えた。お父さんは?

——知るもんですか。朝、いきなり出てったよ。顔も見たくない。

——ええー、何で、また。

——理由なんかないさ。何だって理由になるさ。

父のことといったら問答無用で何もかも嫌なのだそうだ。何がそんなに嫌なのか聞くと、自分ぐらいの年齢まで生きてみればわかると言うのだった。四十年も一緒に暮らしてみなくても理解はできる。以前は、父に合わせられない母がばかなんだとか、怠けてるんじゃないかとか思っていたが、自分も結婚して暮らしてみると、母がどんなに困難な結婚生活を送ってきたか十分に想像できた。父は、毎日家計簿の点検を終えてからでなければ妻を寝かせない夫だった。一生、妻の服装やヘアスタイルを自分の好みに合わせさせ、水一口でも自分の手で汲んで飲んだことのない人だ。父の引退後、夫と一日じゅう顔を合わせていなくてはならない母にとっては、結婚生活の中で今がいちばん辛い時期なのかもしれない。一緒に住んでいる妹のジナまでが家をあけ、そのうえ今回の旅行は片道チケットだというのだから、母がぴりぴりするのも無理はなかった。

——今度はどこに行くんだっけ？

——何回言ったら覚えるの。私の話、上の空で聞いてるんだね？

——私だってもう、忘れっぽい年齢になってるのよ。

——五十歳にもならないのに、七十代の母親の前でそんなことよく言えるね。ブラジルだよ！　ブラジルのレンソイス砂漠！

——なんで大声出すの。耳はまだちゃんと聞こえるわ。

私は母が読み上げる通りにレンソイスと打ち込んで検索した。同名のゲストハウスやレストランが、続いてレンソイス・マラニャンセス国立公園に関するニュースがヒットし、旅行体験記のブログがずらっと並んだ。ジナはここに行くのか。純白の白砂の砂漠。真っ白な砂漠の真ん中には、青い絵の具をぶちまけたような真っ青な湖が嘘のように広がっていた。白い砂というのも不思議だし、砂漠なのにとても冷たくて透明な湖が広がったようすも、信じられないような壮観だ。一週間もすればジナもあの風景の前に立っているのだと思うと、無性にうらやましい。新婚旅行以来、海外旅行には一度も行けていないためだろうか。ジナが外国に出かけるたび、変化のない自分の生活がつまらない、みすぼらしいものに思えてならなかった。

ジナの最初の海外旅行先はカンボジアだった。大学一年生だったジナと、四年生になる直前の自分が一緒に行ったのだ。だが、アンコールワットの威厳に感銘を受けたのはジナだけだった。トイレに駆け込んでばかりいた私とは違い、どんな食べものでも平気で消化し、初めて会った人と気安くつきあえるのもジナの方だった。旅行中もずっと早く家に帰りたかった私とは対照的に、ジナは何としてでも家から遠ざかろうとした。

ジナの人生が私とは全然違う方向に進んでいくだろうということに、その旅行ではっきり気づいたが、こんなにも距離ができるとは思わなかった。カンボジアから帰ってきた後ジナは、あらゆる手段で機会を作っては外国に出かけるようになった。長期休暇のたびにタイ、ベトナム、香港や中国に行き、休学届を出してオーストラリアで半年暮らしたこともある。四年生の冬休みにはヨーロッパ一周もすませた。旅行商品の企画者になりたいと言っていたジナは旅行会社に就職したものの、カウンター営業職を何年かやっただけで、希望する業務にはとうとうつけなかった。旅行会社を辞めて全然関係ない会社を転々としているが、どうにかしてお金を貯めては暇を見てしょっちゅう外国に行きながら暮らしている。母さんの表現によれば、資産家の娘にでも生まれたような暮らしぶりだった。

——ブラジルならお金もずいぶんかかるんでしょ？

——大丈夫よ、稼ぎを全部つぎ込めるんだから。使い果たして死ねばいいのさ。子どもがいるわけじゃなし、旦那がいるわけじゃなし、自分の身一つ面倒見りゃそれでいいんだもの。誰もがうらやむ暮らしだよ。星回りがいいんだろ、あの子。

——一人で寂しくないのかな？

——一人だか、誰かいるんだか、わかったもんじゃない。

私が新婚生活を楽しんでいたころは、ジナがどこにも定着できずふらふらしている浮き草のように思えて心配だったが、二人の子どもの育児で必死だったときは、何にも縛られず、ひょいと出かけては戻ってこられるジナの自由さがただただうらやましかった。四十歳を過ぎて、ジナがあんなふうに生きられるのは結婚せず、子どもがいないからだという結論に達した。社会通念などおかまいなしのジナの選択はかっこいいし大したもんだと思うこともあれば、ときには、あんなふうに暮らしていって独居老人になり、飢え死にするのではないかと思ったり、それじゃ結局私が面倒を見なくちゃいけないのかとお荷物のように感じることもあった。

レンソイスの砂漠を見た朝、私は、こんなふうにしてずっと老いていくのだというぼんやりした予感にとらわれた。将来は陰毛の白髪を何とも思わずに抜くのだろうし、子どもたちは私には行けない世界のあちこちに何とも思わずに行き、私はその事実を無感動に受け入れるのだろう。二十代のころに抱いていた夢や、三十代のときに熱望していた未来への希望は結局、記憶に残ってもいない。私は音をたててノートパソコンを閉じた。

外出のしたくをしなくてはならなかった。それを口実に、父さんとジナについて盛んにまくしたてている母さんの電話をようやく切ることができた。私は電話を切るとすぐに、冷蔵庫から出したサイダーを一気にあおった。食道がぴりぴりちくちくと刺激され、立て続けにげっぷが出る。ちょっといらいらがおさまったような気がする。閉まっていなかった冷蔵庫のドアからブザーがけたたましく鳴っていたが、私は気にせずもう一缶取り出してからドアを閉めた。そして流しの引き出しから薬の袋を出した。

フリミン錠、プロピオン錠、ビグマン錠、アルブルのカプセル。四種類の薬をサイダーと一緒に飲みくだす。それぞれ食欲抑制剤、抗うつ剤、肥満便秘改善剤、体重減少のためのサプリメントだ。副作用なのだろうが、ダイエット薬は躁状態になったように気分を高揚させる。薬剤師は薬を手渡すとき、肝機能改善剤も一緒に飲むようにと勧めてくれた。こういう薬は肝臓に負担がかかるんですよと事務的に言っていたけれど、私は恥ずかしかった。「こういう薬」と言われただけだが、何となく「その年齢で」という前置きがあるような気がしたのだ。更年期に入った女が体型に悩んで食欲抑制剤を飲む気持ちが、あなたにわかるのかな。二人の子どもの出産によって増えた体重は十五キロだ。運動と食事療法でやせるのは、小さい子どもを育てながらできることではない。薬の効果は目覚ましかった。一ヶ月ですっと十キロ減ったのだから。薬さえ飲めば食欲が消え、何も食べていないのに下痢がずっと続く。もちろん、薬を飲んでいる間だけだ。薬をやめれば制御不能な暴食が続き、体はすぐに元に戻る。結局、十年近く断続的に飲んできたダイエット薬によって絶食と暴食の間を行ったり来たりしながら、今の体になったのだ。肉がついたら薬で落とすという習慣がついてしまい、自分自身の努力は放棄したせいでもある。

「君はおばさんなんだ。おばさんがおばさんに見えるのはあたりまえだろ。あきらめろって。俺がいつ君にデブだとか何だとか言った？　夫がそれでいいって言ってるのに何が心配なんだ。何を着たって同じなんだから、気にする必要ないだろう」

ふいに思い出した夫の言葉のせいで、怒りがこみあげてきた。夫への敵意は、タイミングを選ばず頭をもたげる。俺がそれでよければいい、ですって？　私ははっとして手で口をおおった。このごろ、しきりに一人言を言うようになっている。声を出して一人言を言うようになったら年をとった証拠というけれど。下腹を見下ろしてみる。ぽっこりつき出たおなかのせいで爪先がよく見えない。夫がいいと言えばそれでいいだなんて。私の体のことなのに、あんたが何言ってんの？

自己管理ができないだらしない女だとか、根っからのんきな女だと思われるのはまだましだ。病気ではないかと心配されたりすると、うんざりする。所得別の肥満率を云々するニュースを聞くと、ほんとに胃を小さくする手術でもしようかと思うほどだった。こんな体になっていちばん嫌なのは私自身なのだ。最近は十三号の服でも小さく感じる。合うサイズの下着を選ぶのもひと苦労だし、はみ出した贅肉が目立たない服を選ぶのはもっと大変だった。新しく買ってクローゼットにかけっぱなしだったトロピカル柄のワンピースをもう一度着てみた。今飲んでいる薬を飲み終わるころには着られるかもと思っていたが、それどころではない、後ろのファスナーが半分も上がらない。次の集まりに着ようと思って買ったのに。私は結局、体のラインが出ない、ごわごわした麻のワンピースを着て出かけなくてはならなかった。

◆

中学の母親たちの集まりは頻繁に行われるわけではなかったが、代表のお母さんが度量のある人で、よくまとめてくれている。母親たちの中でもいちばん年長なうえ、上の子を名門大学*に入れたこともあって、みんなに一目置かれていた。何より、特殊目的高校や自立型私立高校を目指す子の母親グループを独自に作って、定期的に集まりを持っているのだ。私もその一員だった。入試や塾に関する情報交換が第一の目的だが、時間の多くは思春期の子どもを育てるのは大変だという話に費やされる。今回の集まりは、新しくできた科学系科目の塾の説明会のためだった。みんなで一緒に行こうと集まったのだが、今日はちょっと雰囲気が違っている。代表のお母さんもほかの人も口数が少なく、会話がしょっちゅう途切れる。私だけに知らされていないことがあると暗示するようなこの沈黙に、私はもう耐えられなくなった。全面突破した方が良いと思った。

「うちのセフンのこと?」

みんなが代表の方に目をやり、代表は、仕方がないというように、アイスコーヒーの残りを飲み終えると口を開いた。

「もう知ってたら悪いんだけど、セフンが女の子たちとつきあってるっていうのでね」

「セフンに彼女ができたの?」

驚いたのは事実だったが、それが何なのだという気もした。勉強がよくでき、成績もキープしながら彼女ともつきあえるのは欠点ではなく、自慢のたねに属する。一度ぐらいはあるだろうと思っていたが、今までなかったので、内心、いつ経験してもいいように心の準備はしてきたのだ。息子は去年にくらべて背がうんと伸び、喉仏がだんだん出てきて、口数が減っていた。何よりも、手のひらが厚ぼったくなってきているのを見て、成長期まっ盛りだなと思っていたのだが。私は椅子の背にもたれて、ちょっと笑いながら答えた。

「彼女ができたなら、私に紹介してくれなくちゃね。今日帰ったら、叱ってやろう」

＊特殊目的高校は科学、芸術、外国語、体育など専門的な教育を行う高校。自立型私立高校は、政府の援助を受けず独自の財政・独自の教育課程で運営している私立高校。いずれも有名大学への進学率が非常に高い。韓国では基本的に高校受験がなく、地域の高校に割り当てられるが、これらの高校は受験がある。

だが、一緒に笑ってくれる人はいなかった。代表が用心深く話を続けた。

「彼女とつきあってるんだったら誰も何も言わないわ。でも、セフンのはちょっと違うのよ。あれのためだけに女の子たちとつきあってるっていうから」

「それ、どういうこと？　あれって……まさか？」

その瞬間、毎朝隠しようもなく突き出ている、息子のパジャマの前部分のことを思い出してしまった。

「うちの子に聞いただけだから確認が必要だと思うけど、とにかく、私だけが知っている話でもないのよ」

私は話が耳に入らなかった。彼女ではない子と関係を持っている？　一人じゃなくて、女の子「たち」だなんて、買春でもしたんだろうか？　肉体関係のためだけに女の子とつきあってるということなのか？　彼女でもない女の子とするなんて、どういうことなんだろう。私はもう何も言えなかった。なぜ私だけが知らないことが噂になっているのか、そして今、あなたたちは私に何を望んでいるのか、こんなときどういう反応をするのが適切なのか、私には判断できなかった。

どうやって家まで帰ってきたのか思い出せない。帰ると私がすぐにしたことは、ラーメンを作って食べ、スープまで全部飲み干したこと、砂糖とミルクたっぷりのコーヒーを立て続けに飲んだことだ。不意に襲ってきた食欲を抑えられず、さらにバタークッキーを一箱まるごと平らげた。それからやっと、二回分の薬の袋の中から蝶々の形をしたプリミンだけを選んで飲んだ。

　自分はものわかりのいい母親だと思ってきた。異性とのつきあいも許してやるつもりだったし、思春期に肉体関係を持つこともありうるだろうと予想してきた。ただ、それが実際に起きるとは、よりによってこんなケースが起きるとは予想の範囲を超えていた。

　帰宅した息子をすぐに呼んで問い詰めた。直接聞きたいと詰め寄った。

「全部聞いてきたんだったら、それ以上何を確認するんだよ」

「お母さんが聞いてきたことが全部なの？」

「うん」

「いったいどういうことなの！　何でそんなことができるの？」

「今、俺のこと叱ってるわけ？」

「じゃ、ほめろっていうの？」

「悪いことしてないだろ？　コンドーム使ったし。したいかどうか確認して、合意の上でしたんだから」

「だって、彼女じゃないんでしょ」

「つきあってる子とだけやれってこと？」

　あのくちばし、むしりとってやりたい。

「あんた、大人のつもり？　まだ中坊でしょう！」

「中坊はやっちゃいけないの？　なんで？」

いけないと断言することは難しかった。現実的に見てそれが不可能だということぐらい、わかっている。だから、彼女ができて、万一することになったらという前提で、合意を得なさい、避妊しなさいと強調してきたのだった。セックスのためだけの関係なんていう前提はなかった。

「少なくとも、彼女とだったらこんなに怒らないよ。セックスだけの関係なんて正常だと思う？」

「僕だってストレス解消するところがなくちゃ！」

もう言葉が出なかった。ストレス解消だなんて。いっそマスターベーションすればいいのに！

「そんなので解消できるんだったらやってるよ。もう、みっともない」

酒やタバコの方がましだと言う私に、頭が変になったの、どうして自分の体を虐待しなくちゃいけないんだよと一歩も譲らずいちいち口答えする息子の前で、私はどうすることもできなかった。息子はちょっと呼吸を整えて、私の目をまっすぐに見据えた。

「お母さん。僕、お母さんの望み通りの成績とってるじゃん。ちゃんと勉強してるじゃん。ネットカフェやカラオケにも行かないし、みんなとつるんで遊んだり大人に逆らったりもしないじゃないか。それがお母さんの望む優等生だろ？　自分のことは自分でちゃんと考えてやってるよ。高校も大学も、お母さんが望むところに行ってあげるよ。だからその代わり、ストレスの解消先だけは残しておいてよ。僕にだってそういうことがなくちゃ。みんなネットカフェでゲームしてストレス発散してるんだ。それと同じだよ」

「女の子は？　その子たちもあんたと同じなの？」

「そんなの僕が心配することじゃないよ。みんなそれぞれ自分の考えがあってやってるんだ」

「あんた、動物なの？　あれをするためだけなんて……じゃあ、いいよ、あんたは楽しむためだけにやったとしようか。でも、相手の子も絶対にそうだっていえるのかって話よ。女の子の気持ちをちゃんと確かめたの？　その子はあんたを好きなのに、あんた一人が楽しむためだけとか言って、ワルぶってるんじゃないの？」

「じゃあお母さんは、僕が彼女を作ってちゃんとつきあってたらその方がいいの？　今だって、塾の宿題に、英才教育院*のプロジェクトに、やらなきゃいけないことが山積みなんだよ。お母さんが家庭教師もつけてくれないから、小論文の対策はまだ始めてもいないし。遊ぶ時間どころか、休む時間だってないんだよ。僕にだって息がつけるところを残しておいてよ！」

　どうして私はその言葉にまともに言い返せなかったのか。それはあんたの責任でしょ、人間は誰でも忙しくてやるべきことがいっぱいあるけど、それを調節して配分しながら快楽を追求するのが人間でしょ、と。恋愛してたらこれができない、あれができないなんて言い訳はするべきじゃない。そんなまねをするなら、その責任について悩むべきなのよ！　そう言うべきだったのにまるで口が開かなかった。愛のないセックスについて中二の息子と話すのは気まずか

＊成績が非常に優れた中高生を集めて特別教育を施す機関で、政府、大学などが主催している。

った。本当は息子が言う通り、知らず知らず、勉強の妨げにならない範囲なら……という妥協を私がしてきたせいなのだろう。

「このことお父さんも知ってる?」

「どうして?　お父さんが怖いの?」

「違うよ。お父さんならお母さんみたいに堅苦しく考えないだろうと思ってさ。こんなに騒ぐようなことじゃないって知ってると思うからだよ。話、もっとある?　英語の塾の宿題がまだ終わってないんだけど。あ、おやつなんかいらないよ」

そして自分の部屋に入ってしまった息子の後ろ姿に、私は息も止まりそうだった。まだ終わりじゃないのよと叫んでみたところで、同じことのくり返しになるのは明らかだ。私が息子に言えたのはせいぜい、妹にはばれないようにしなさいよということだけだった。それはまるで私自身への言い訳のようで、さらに怒りがこみあげてきたが、この怒りをどうしたらいいのかもわからなかった。


「で、何が問題なんだ?」

夫の反応に私はさらに驚き、聞き返した。何ですって?

「そんな年で体を好きにさせるなんて、どんな子たちだと思う。わかりきったことだよ、勉強のできない連中に決まってるんだ。とにかく、変に萎縮させるな。適当に流せばいいんだ、大げさに騒ぐな」

「だって十四歳なのよ」

「俺はもっと前からやってたぞ」

「マスターベーションじゃないのよ！　女の子とほんとにやってるのよ」

「それがどうだっていうんだ。無理やりだったのか？　お互い合意のもとだっていうんだろ。レイプじゃないじゃないか。ただのストレス解消って言ってんだろ。それがこんなに騒ぐようなことか？」

「だからその、ストレス解消だっていうのがおかしいじゃない？」

「じゃあ、恋愛しろって強制でもするか？　コンドームもつけたっていうし、しっかりしてるじゃないか、あいつ」

「笑うようなこと？」

「じゃあ泣くか？　おまえ、何がそんなに深刻なんだ。中学生だからほめてやるようなことでもないが、だからって足でもへし折って折檻するようなことでもないだろう。合意のもとで、コンドームは使った。それならいいじゃないか。親にこれ以上何ができる。はっきり言ってセフンの何が悪いんだ？　男に足を広げてみせる子たちの方が問題なんだ、うちの子に問題があるわけじゃない」

「あなた！」

「そうじゃないか？　母親たちがみんな知ってるぐらいなら、学校の方でも知らないわけじゃあるまい。問題になるようなことなら先に学校から連絡が来てるだろう。時が経てば静かになるよ。男の子だからそんなことは傷にもならないし、仲間うちで箔がつくだけさ。適当に羽目をはずしたって、勉強ができるなら誰も何も言わないさ」

「セフンじゃなくてセウンがそんなことをしたら、どう？　セウンがストレス解消だって言って男の子たちとそんなことしてたら？　それでもあなたは、勉強のできる子ならそれぐらい問題ないって言えるの？」

「何だよ気分悪いな、セウンのことまで持ち出して。セウンは女の子じゃないか。女と男は同じじゃないんだよ」

「どこが違うのよ？」

「屁理屈を言うなよ。女は生まれつき、そんなことはしないんだよ」

「だって、セフンとやった子たちは？」

「その子たちは頭がおかしいんだよ。セフンぐらいの年代の男の子が女と見ればじっとしていられないのを知ってて、体でたぶらかそうとしてるんだ。だが、あいつの勉強の妨害になるようなら放っといちゃいけないな。そんなことなら俺が黙っちゃいないよ。だらしない連中だな、こんな年齢で発情して表沙汰になるなんて」

だらしないのはその子たちではなく、息子ではないのか。だが私は口をつぐんだ。私もまた、息子がそんな子だと認めたくはなかったのだ。

「自分の子のことだけ考えるんだ。その女の子たちがかわいそうだとか何とか、無駄なことは考えるな、それと表に出すな。母親たちに対しても引け目を感じる必要はないよ。セフンが何か悪いことをしたなら別だけど。おまえによってたかっていろいろ言ってくる連中の方がおかしいよ。何か一つでも話の種ができれば面白がってとびつくんだろ。だからおまえも、もう気にするな」

「セフンに何て言えばいいの」

「何も言わなくていい、ほっとけ！　ほっとけば終わりになることなんだから。どうしても一言言いたいなら、噂が落ち着くまでおとなしくしてろとでも言っておけ。俺、夕飯まだなんだぞ、飯もくれないのか？」

息子にも夫にも言えなかったが、私はまだその女の子たちのことが気になっていた。息子のことを好きな子だったらどうしよう、その子の親が知ったらどうなるだろうと。息子が後ろ指を指されるのも怖かったが、何事もなかったように時が過ぎるに任せるのも正しい解決ではないように思える。息子や夫はなぜ、これを問題とも、どうにかすべきことだとも思わないのだろうか。間違いではないのだろうか。認めたくもないし受け入れたくもないが、明らかに望ましいことではない。それなのに、夫が違うといえば違うだなんて。

遅い時間に食事をすることになった夫は、前に座っている私に目もくれず、携帯ばかり見ている。ごはんからつまみ出した豆が、茶碗のそばにだらしなくころがっている。息子も豆を食べない。息子も夫に似て背が高く、夫に似て鼻炎がひどく、夫に似て数学が得意で、夫に似て自己中心的だった。

「水！」

私は身動きもせずに座っていた。他の日ならそのままだっただろうが、夫はそのときになってようやく頭を上げて私を見た。それどころじゃないのだろうと思ったのか、そっと立ち上がると自分で水をついで飲み、抑えた声で言った。

「セフンはおまえが心配しているような変な子じゃないよ。正常な男として育ってるんだと思えばいい。いじけないように気をつけてやれよ。自分の子のことだけ考えていればいいんだ、わかるだろう？」

そして私の尻をバンとたたくと部屋に入っていった。娘の部屋からはアイドルグループの曲が聞こえ、息子が塾から帰ってくるまでにはまだ一時間あった。いったいあの子は、女の子たちとどこでいちゃついてたんだろう？　何人もの子とつきあっていたらしいのに。学校、塾、英才院に行くだけの生活なのに。行動範囲がはっきりしていて、帰宅時間が遅れたことがない子なのに。乱暴なところもないし、礼儀正しい、きちんとした子なのに。そういう息子だと思って育ててきたのに。私は頭が痛かった。

前回の集まりに来なかったユンソのママから、あの日以降ずっと電話が来ていた。ユンソとは、息子が小学校のころから今まで三回同じクラスになったことがある。女の子のユンソの上に高校生のお兄ちゃんがいて、男女両方育てているという共感があり、私より年下ではあるが親しくつきあってきた間柄だ。

女の子だけの母親や男の子だけの母親は、一目見てもすぐにわかる。姉妹だけを育てている母親は、とかく男の子はみんな乱暴だという前提で話を始める。この危険な世の中で娘を育てるのは容易なことでなく、心配事や注意しなくてはならないことが多すぎると嘆く。その原因がなんでもかんでも男のせいにされるのは納得できないが、上手に反論できる人はいない。一方で、かと思えば、男の子しか育てたことのない母親たちは、最近の女の子はおっかなくて声もかけられないとか、女の子たちの方がいい内申評価をもらうのが上手だから、男の子は成績をキープするのが大変だと言ったりする。思春期の娘で悩みだらけと言う人たちのことは、息子を育ててみなくちゃ子育てのほんとの苦労なんかわからないと思いながらわざと無視していた。女の子は男の子より早く成熟するのが問題で、男どもは一生聞き分けのない子どもだ、といった言い草もいまいちだし。何より、息子は家では一切口を開かないから学校で何があったか全然わからないという、男の子の母親にありがちな言い訳は、自分の子だけをかばおうとする無責任な発言ととられ、女の子の母親たちから恨みを買うこともあった。

兄と妹を育てているユンソのママと私は、両方のママたちにむかってうなずくのに忙しかった。両者の間にはさまってすぐに疲れてしまうという共通点もあった。だから私はユンソのママに対して物足りない気持ちがあった。彼女ならあの日の話題を知らなかったわけがない。いや、絶対ユンソから聞いているはずなのに、今まで私に何も言ってくれなかったのは恨めしかった。

◆

あの日から変わってしまったのは私だけらしい。夫はずっと帰宅時間が遅く、息子はいつもと変わらない日常を送っていた。平日は学校と塾、土日は英才院とスポーツクラブに行く以外は家にいて、食事どき以外は自分の部屋から出てこない。学校の試験期間なのに英才院は課題を減らしてくれないと言いつつも、嫌がるようすもなく落ち着いて机に向かっているのを見ると、かわいそうな気もする。だが私はすぐに首を振ってそれを打ち消した。この状況で勉強が頭に入るの？　どうしてあんなに平然としていられるの、と思うと怒りがこみ上げてくる。顔が赤くなり、脈が早くなる。そんなときはサイダーをがぶ飲みして気持ちを鎮めた。心がまた落ち着くと、黙々と勉強ばかりしている息子に感心する。自分の心の変わりやすさが、自分でもよくわからなかった。

十三時間の陣痛の末に生まれた初めての子だ。私の乳と私の青春を与えて育てた子。体のすみずみまで知らないところはない私の子。どこへ出しても恥ずかしくない、聡明な私の子。そのことには何の変わりもない。にもかかわらずはっきりしているのは、息子との狎れ合いがいたたまれないということだ。

このままにしておいていいのかと、夫に何度も聞いてみた。担任に相談に行ってみようかと言うと、先生に何ができるんだという返事だ。それもそうだと思う。変にいじりまわすなという言葉には思わずうなずいてしまう。だが、どこか旅行でも行こうかと言うと、夫は返事すらしなかった。何の意味があるのかということなのだろう。何か気分転換が必要じゃないかと思うんだけど、と言い足すと、セフンが何か罪でも犯したのか？　どうして逃げだす必要があるんだ？　と一喝された。ほんとに罪にはならないのだろうか。女の子もうんと言ったし、合意の上だった。だからといって、十四歳の子どものストレス解消用セックスを黙認するのが大人の行動として正しい態度なのか。私はもう一度尋ねた。

「私がこっそりその子たちに会ってみようか？」

ソファに寝て携帯を見ていた夫が、がばっと起き上がって座り直した。

「どうしてそういうことになるんだよ？　その子たちの顔でも見たら気がすむっていうのか？　わかりきったことじゃないか、成績がよくて見た目もよくて育ちのいい男の子に夢中になってるだけだよ。そんな子に会ったって、嫌な気分になるだけだ。悔しいのはこっちだよ、おまえ。何もしてないうちの子をひっかけて噂を流して、うちを困らせてるのはその女どもだろ。おまえが加害者側ぶろうとして悩むような話じゃないんだよ、な？　それと、話を歪めないでくれ。やるってものを断る男の方がおかしいんだから！」

「なんでそんなに自信満々なの？」

「だって、親が子を信じてやらなくてどうする？　他人の言うことの方を信じるのか？」

娘が居間に出てきてテレビの前に座ったせいで、やりとりはそこまでで終わった。娘が見ようとしているのは、何日も前から指折り数えて待っていた、大好きなアイドルグループの新曲発表ライブだった。私は娘の真っ黒な後ろ頭を見ながらじっと考えた。なぜこんなに不安なのだろう、釈然とせず、苦しいのだろう。私は自分に向かって矢を放ってみた。子どもを信じられないからなの？　子どもを愛していないからなの？　または……息子が悪くないならきれいさっぱり忘れ、悪いならさっさと手を打って、本来の優等生イメージを取り戻したいという思いのせいではないだろうか。夫とは違って、息子だけではなく女の子たちのことがずっと気になるのは、もしかしたら彼女たちが後々、息子の足を引っ張る証言者になることを恐れているからだと、私はおぼろげに気づいていた。可能なうちに口をふさぎ、とりつくろえるうちに手を打っておきたい。それがわが子の将来のために両親がやるべきことだと思ったのだ。それこそ、認めたくない、まわりに見せたくない、いちばん正直な私の心情だった。

マジやばい！　と娘が奇声を上げ、テレビにぴったり近づく。派手なステージでやかましい歌声がはじけ、十三人の少年たちが一心不乱に踊りはじめた。みんなマンガの主人公みたいな顔で、いくら見てもそっくりすぎる。娘は自分の好きなメンバーがクローズアップされるたびにけたたましい声を上げた。

娘はいったい何になりたいのか、まるでわからない。息子は、今の成績をキープすれば志望する医学部進学もさほど難しくないだろう。だが娘は息子とは違って、教えてやらなければ自分では何も理解できないし、教えてやってもちゃんとできる方ではない。女の子は家庭の支えという言葉がなぜあるのか、私は理解できない。娘を育てる楽しさという言葉についても同じだ。娘と息子の違いというより、子ども一人ひとりの違いではないのか、どうして娘にだけ育てて甲斐があるといわれるのだろうか。私は、娘を育てる楽しさはよくわからないけれど、息子を育てる醍醐味なら知り抜いてるわよと語る母親だった。

私とは違って、夫は娘のことなら無条件にイエスを乱発した。私に相談もせず、アイドルのCDはバージョンごとに買ってやるし、公開録音のチケットを手に入れてやり、二人で見てくることも何度もあった。五年生にもなってこのまま遊ばせておくわけにいかない。だが、勉強、勉強とうるさい母親に思われたくなくて、無理やり塾に引っ張っていきはしなかった。勉強することを頑なに拒否していた娘を冬休みじゅうずっと説得して、やっと英語と算数の塾に入れたのが今年の春。息子のように一番は望めないと初めからわかっていたので、お試しで入れて様子を見るつもりだった。実は娘はダンススクールに行きたがっていた。放課後のクラブ活動でも習っているのだが、それでは満足できないという。もっといろんなダンスを実際に踊ってみたいと言って駄々をこねるのだった。芸能人になるわけでもないのに何を言うのかと、私は言下にはねつけた。それなのに私の気も知らないで、夫はまたもや私には何の相談もなく、娘の言いなりにダンススクールに入れてやると約束してしまったのだ。

「今、ダンスなんか習ってる場合？」

「アートやスポーツの才能は小学校のときに見きわめてやるべきだって言ってたのは、おまえだろ。人間は一貫性を持つべきだ」

「やっと英語と算数をやるようになっていくらも経ってないのに」

「あの子が楽しめて、ハッピーになれるものじゃないと。踊っているときのあの子の表情を見たか？　俺はセウンがやりたいことを見つけただけでも満足だし、すごいと思う。よけいなストレスを与えるな」

「勉強だってやるべきときがあるわ。もう出遅れてるのよ」

「勉強ができなかったら、どうだってんだ」

「セフンにはそんなこと言わないじゃないの」

「男と女は違うよ。セウンにはやりたいことをやらせてやれ。踊ってるときあんなにかわいいじゃないか。女は何より、きれいじゃないと。あの子もいずれ、あごをちょっと削って二重まぶたにしてやればいい」

「今の世の中で、顔がきれいなだけで生きていける？　かわいい上に頭もよくて、勉強もできなきゃいけないのよ。そんなことあなただってよく知ってるでしょ？　毎日、会社の女性社員のこと、顔もきれいでスタイルもよくて大学もいいところを出てるって、何度も何度もほめてるじゃないの」

「人に見せびらかすために大学に入れるのか？　いくら頑張って勉強して修士や博士をとったって、それが何になる。頭がいいよりきれいな方がいい相手と結婚できる。そうじゃないか？」

「そういういい相手や優秀な男性に会いたかったら、そういう子のいるところで一緒に遊ばなきゃいけないじゃないの。大学だってまともなところに行かないと……」

「でも、ママ」

いつの間にか娘が近くへ来ていた。

「私が決めちゃだめ？　自分で選ぶのはだめで、絶対決めてもらわなくちゃいけないの？　ママもそうだった？」

夫がクックッと笑った。

「なんで出てきたの？　算数の宿題全部やったの？　それが終わったら、リスニングの宿題もやらなきゃだめだよ」

「ママ、私、三十分だけミュージックビデオ見ちゃだめかな？」

「見なさい、見なさい。セウンのしたいようにしなさい」

夫婦の呼吸が合っていればこそ拍手もうまくいくのに。私がやっとのことで規則を作っても、夫が子どもにいい顔をしてすぐに壊してしまう。子どもらが父親を信じて知恵を働かせるのはいい。父親は甘いということぐらい、子どもでもわかるだろうから。ただ私は、子どもの前で私の意見が黙殺され、どうでもいい存在のように扱われるのが嫌だった。いずれこのことではひともめするだろうと思っていたところに、息子の一件が起きたのだ。

夫が娘の隣にぴったりくっついて座っている。魂が抜けたようにテレビに見入っていた娘が、うるさがって父親を押しのけたが、すぐに二人でもつれあってふざけはじめた。最近ふくらんできた娘の胸、丸く盛り上がったお尻、太ももがいつものそれのようには見えない。

◆

そこまでする必要があるのかと言っていた夫だが、内心はそれほど嫌でもなかったらしい。日曜日の朝から追い出すなんて反則だとぼやきながらも、ボーリングでもやるか、登山に行く子が一人で忙しく動き回って準備していた。試験まで一週間だから出かけるのは嫌だという息子の背中を押したのは私。自分も行きたいと娘がすねたが、私は頑なに首を縦に振らず、夫は仕方なく、今日は男だけの時間が必要だからと娘をなだめた。バスケットボールと水着を準備してくれと言われ、私はお茶を凍らせ、サンドイッチとフルーツのお弁当も作ってやった。

「お父さんと汗を流しておいで」

息子は返事もせずにさっと背を向けて出ていってしまった。肩でもたたいてやろうと伸ばした私の手が、息子の肩に届かず空中でしょんぼりと止まる。ひんやりした空気が玄関に重く澱み、娘の部屋からはアイドルの歌が聞こえ、私は玄関に身動きもできずに立っていた。この白々しい冷たい空気に耐えることがなぜ私だけの役目なのか、急に悔しくなってくる。私は急いで薬を取り出し、食欲が暴走しないように、気分が落ち込まないように、とにかく一日持ちこたえなくちゃという気持ちで飲みくだした。そしてユンソのママに電話をした。

「日曜日に呼び出してごめんね」

「セウンは一人でお家にいるんですか？　一緒に来るかと思ったけど」

「一人でいる方がいいんだって。私がいないから大喜びで携帯見てるでしょ」

「うちの子も、私がいないのがいちばんみたいですよ。役目が終わっちゃったみたいで、寂しくなるわ」

「私だけじゃないのね」

「みんな同じですよ、どこの子も」

前に置かれた熱いコーヒーを、気をつけて飲んだ。向かいのテーブルでは、頭をつきあわせて座ったカップルが携帯を見ながらはしゃいでいた。やっと高校生になったばかりぐらいに見える。カフェのお客には若い学生の集まりとカップルが多かった。遠慮なく笑い、騒ぎ、ふざけあう姿を見るとなおさら胸がふさがる。そんな私の表情を読み取ったのか、ユンソのママの方から先に口火を切った。

「気苦労が絶えませんね」

「あなたも知ってたんでしょ?」

ユンソのママはうなずき、一度あたりを見回してから声を低くした。

「あのね、うちでも一度似たようなことがあったんですよ。上の子のとき」

「ユンチャンが?」

「そうなんです。あのとき私がどんなに気に病んだか……」

ユンソの兄のユンチャンも優等生として有名な子だった。ユンチャンを見て、自分の息子もああなってくれたらと思ったことが一度や二度ではない。勉強もできるし運動もできて、その上、とても礼儀正しい子なのだ。そんなユンチャンが?

「あなたにだから話せることだけど、ユンチャンって、全校で一、二番から落ちたこと一度もなかったでしょ。なのに去年の二学期に順位ががたっと落ちたんです。十番以下になったの。ありえないじゃないですか。それで調べてみたら……ああもう、悔しい」

ユンソのママが私の方に体を寄せた。ユンチャンと成績争いをしていた女の子がいたのだが、その子が作戦を立てて、ユンチャンをたぶらかして勉強が手につかないようにしたのだという。

「わざと?」

「そうなんですよ! 女の子が体を張って襲いかかってきたら、男なんかどうしたってかないませんよ。うちの子は初体験だったからぞっこん参っちゃって、まともじゃいられなくなっちゃって。女の子の方は、ちゃっかり自分だけ勉強して一番を持ってって、うちの子だけばかを見たんです」

「その女の子、ほんとにそのためにそんなことしたの?」

「他の理由があるもんですか! 二人で毎日、全校の一、二番を競い合ってたんだもの。勝算がないと思って、女の子が最後の手段を使ったんですよ。順位が出たらさっさと別れたのを見ればわかるわ」

ユンチャンとその子はつきあってたのかしら? それとも、息子と同じくストレス解消だけのために……?

「セフンは何て言ってるんですか? ユンチャンは、自分たちはつきあってたって言ってるわ。悪いのは勉強しなかった自分で、彼女は悪くないって最後までその子をかばってたけど、ああもう、堪忍袋の緒が切れちゃった。そんなのって信じられると思います?」

私には信じられる。

「もっと頭にきたのはね、後で聞いたらその陰険な子のあだ名が〈一番キラー〉っていうんですよ」

ユンソのママのつぶらな瞳がひときわ大きくなったようだった。

「自分と順位を争っている男の子とだけつきあうっていうの。ライバルを蹴落とすために体当たりしてこられたら、男の子が勝てると思います？　その女の子、噂になるのも怖がっていないところを見ると確信犯だと思うけど、学校に言いつけるわけにもいかないし」

ひょっとして、息子としていた女の子たちもそうなのだろうか。そんな理由だったらむしろほっとするかも、という気がしたのはなぜだろう。ユンソのママは、息子が被害にあったことが悔しくてまだ気がすまないと言った。私はだんだん疑わしくなってきた。そんなことがあっても女子はちゃんと勉強し、男子はあっさり成績が落ちてしまったなんて、本当だろうか。

「ね、私にも娘がいるわけだけど、このごろの女の子たちには本当にかないませんよ。勉強ができる子はこうだし、できない子はできない子なりに浅知恵があるし、うぶな息子たちはやられっぱなしだわ。だから私、セフンの話を聞いて胸がいっぱいになったの。あなたがどんなに悔しいかわかるから」

私は長いため息をついた。でもね、こういうことって私たちだけが経験することでもないんですよ。どの学校にもそういう女の子が絶対、一人はいるんですって。ある学校ではね……とにかく、最近の女の子たちって……かと思えば他の女の子たちは……ユンソのママは封印が解かれたように遠慮なく噂話を披露した。彼女の論理によれば、成績に命をかけている女の子はちゃっかりさんで、成績に関心のない女の子はアイドルを追いかけたり化粧をしたりするおばかさんなのだった。ユンソもうちの娘も最近の女の子だということは、忘れているようだった。

向かいに座っているカップルはずっと、音が出そうなキスをしていたかと思うと立ち上がった。赤い唇だけが目立つ女の子と、鼻の下が生えはじめのひげでうっすら黒くなっている男の子が、互いににっこり笑い合いながらカフェを出ていったが、それは私には本当にかわいらしく見えた。息子に欠けている、あの年代の子だけが知っている、ありふれた恋する気持ちがまぶしく思えた。

「あの子たちの両親は自分の子があんなことをしてるのを知らないんでしょうね?」

私はユンソのママに相談したかった。セフンのような子と同じクラスにいるのを嫌がる女子生徒もいるのではと心配になったからだ。子どもからでも母親からでも、謝罪を要求されたら喜んでするつもりだった。今後、こんなことが起きないようにしっかり気をつけるからと何度も頭を下げることだってできただろう。反省する気もない息子の代わりに、母親である私が誠意を見せなくてはならないだろう。だが、ユンソのママはそんな私の気持ちをわかってくれる人ではないらしい。彼女も、私とは別の見方で世の中を見ているようだった。

「あの、お願いしたもの……」

彼女が半分に折ったメモ用紙を私にくれた。

「ユンソが噂で聞いたっていうのと、お母さんたちから伝わってきたのと、どっちも書いてあるわ。思ったより多くないですよ。電話番号がわからなかった子もいるけど」

息子と一緒にいたという女の子たちの名前と電話番号だった。ここで広げて見るのはさすがに怖すぎて、受け取るや否や私はそれをバッグに入れた。まだ、何をどうしたらいいのかわからない。それでも、夫や息子のように黙っているのがベストだという考えには同意したくなかった。

「ね、お母さんたちが何て言ってると思います？　セフンはやっぱり優秀だって言ってるのよ。あんなことには少しも振り回されずに、自分のペースを守って勉強してるのを見て、普通の子じゃないって、みんな改めて驚いてるんです。そんなこと聞きたくないかもしれないけど、ほんとに、私も見直したわ」

私はユンソのママをじっと見つめた。彼女は心から私を慰めようとしており、息子は悪い子ではないと弁護してくれているのだった。まるで自分に念を押すように、男はそんなふうにして大きくなっていくものだっていうから心配せずに見守りましょうよと、そんな言葉までつけ加える。なぜか恥ずかしさがこみあげてきた。それで私は、ありがとうと心にもないことを言ってしまった。

別れるころになってようやく、ユンソは元気？　と私は尋ねた。しっかりした子で、母親を心配させることもないはずだ。ユンソのママは晴れやかに笑って答えた。

「もちろんよ。うちのユンソはもう子どもっぽくて、勉強しか知らない子で」

じゃあユンソは、ちゃっかりさんなんだな。そしてユンソのママはどんな女の子だったのだろう。そして私もまた、どんな女の子として人に評価されていたのだろう。そんな評価のために、どんなに大勢の女の子が自分を欺いて生きてきたことだろう。それにしても、ああいった評価はいったい、誰の視線によって決定されていたのだろうか。

ユンソのママの車を見送り、一人になってようやく私はもらったメモ用紙を広げてみた。知らない子たちだが、名前だけはどれもみんな清らかで美しい。私はその名前を暗記するほど何度も読んだ。

家に帰ると、娘がとんでもない顔をしていた。まさに最近の女子中高生そのもの、顔は真っ白で唇だけ真っ赤にキラキラしている。おばさんがプレゼントしてくれたリップティントとクッションファンデを塗ったと言って、口が耳に届きそうになっている。ジナが来ていたらしい。

「あの子ったら連絡もしないで……」

「違うよ、私に電話してから来たんだもん。お母さん、これ見て」

娘が、うれしくてたまらない様子で私を自分の部屋に引っ張っていった。窓にも壁にも本棚にも好きなアイドルのポスターがめちゃくちゃに貼ってある。娘の机の上にはキーホルダー、缶バッジ、うちわ、ノートなどアイドルグッズが山のようになっており、いつも歌を歌いながら欲しい、欲しいと言っていたペンライトやキャラクター人形までメンバーの数だけ置いてあった。娘が興奮するのも無理はない。

「ママ、おばちゃんはメンバーの名前までちゃんと全部知ってたよ。ママは私の推しが誰だかすぐ忘れちゃうのに」

「ジョンハンだっけ？　ウジ？」

「違うよ！　ボノンだって何度も言ったじゃん。やっぱりおばちゃんはすごいな。キーホルダーもポスターも、ちゃんとボノンのを買ってきてくれたもん！」

「そんなにうれしい？」

「もちろん！」

あんたはアイドルを追っかけて化粧したりする、頭の空っぽな女の子なのかな。

「ママ、おばちゃんはメンバーの名前も全部見ないで言えるよ」

私は自分の名前も忘れることがあるのにね。

「もう、ほんとに。おばちゃん、今度はブラジルに行くんだって。ママにメールしたって言ってたけど、見た？」

確認していないメールが一通来ていたことをちらっと思い出した。

――しばらく帰らないから顔を見に行ったんだけど、セウンにだけ会って帰ってきたよ。セウンが、ママは自分が何が好きかも知らないって言ってたよ。子どもと会話した方がいいよ。お母さんはこのごろ、離婚したいってイライラしてる。一人で悩んでないで、結婚してる姉さんと相談したらって言っといた。もしもほんとに離婚したらパーティーでもしよう。私は明日の早い飛行機で発ちます。連絡がつかなくても心配しないでね、ちゃんとやってるから。セフンに会えなかったから、机の上におこづかいだけ置いといた。私ってかっこいいおばさんだよね。Tchau!〔ポルトガル語の「さようなら」〕

私とジナの生き方が大きく違ってしまったのは単に、違う選択をしたからだ。世間の通念に従わなかったジナの選択だけが正しいのではないように、私が疑うことなく結婚と出産を選んだのも、未熟さや怠慢のせいではなかったのだ。社会の常識に疑問を抱かず既婚女性になったのは判断ミスだったと、自分を責める必要もない。今は、ジナの生き方に憧れることもしたくなかった。メールを読み終わると、私は携帯をベッドの上に放り出した。かっこいいおばさんだなんて！　私がいいおばさん役を演じられないのは誰のせいだと思ってんの？　自分の身一つやっと面倒見てるあんたが、姉の私に向かって！　娘が部屋のドアの前で私を見守っていた。手に持ったペンライトがきらきらとうるさく光る。私がまた声に出して一人言を言ったのだろうか。

「ママに何か言いたいの？」

娘が首を横に振った。服を着替えて化粧を落とした私を黙って見つめていた娘が、注意深く聞いた。

「ママ、疲れてるの？」

「疲れてないよ」

「嫌なことがあったの？」

「うん、ちょっとね」

「あ！　じゃあ、じゃましないでおくわ」

振り向いて自分の部屋に入っていく娘に私は声をかけた。

「セウン、そのペンライトって……そう、カラット棒*だよね」

「うんそうだよ、ありがとママ。コーヒーでも飲んでちょっと寝なよ」

にっこり笑う娘を見ると心がほぐれる。これだから、母親にとってやはり娘はなくてはならない存在だといわれるんだろう。けれども、バン！　とドアを閉める音には驚いてしまう。何か秘密でもあるのかガッチャンとドアに鍵までかけている。思春期が始まったら、お母さんに何がわかるのよと言って私を突き放すだろう。ときどき、娘の心をアイドルと分け合っているような気がすることがある。私の持ち分はこれからどんどん減っていくだろう。ほかのアイドルが、もっと大勢の友だちが、いつかは異性が、私の持ち分を蹴散らしていくだろう。そして私にはただ、ご飯を作って洗濯をしてくれる人としての必要性しか残らないのだろう。子どもの世界での私の居場所は、そうやって消えていくのだろう。そう思うとふいに涙があふれ出てきた。私は静かにドアを閉めた。あふれてきた涙は、簡単には止まらないようだった。これもすべて更年期のせいなのだろうか。そうならいいと思った。

世の中の女性たちが全員、更年期を経験するのか。これは当然のこととして耐え抜けばよい時間なのだろうか。暴風雨が通り過ぎることを願うような気持ちで、ざくろジュースを飲んだり、ホルモン剤や女性用ビタミン剤を見つくろって飲んだりしながら、とにもかくにも友だちと会って美味しいものでも食べていれば、この時期をやり過ごすことができるのか。それでも自分の役割を最後まで果たしてから消えたいのか、予定通りに生理が始まった。量も少ない上に、色も鮮明ではない血を見下ろしていると、なぜか気力が失せる。最近は「閉経」という言

＊ K-POPアイドルのSEVENTEENを応援するグッズで、デビュー曲「カラット」にちなむ。

葉は使わないというけれど、こんなふうに衰え、消えていくことを「完経」と呼びかえたところでどうなるというのだろう。下腹が重く、胸が張り、いつのまにか全身がだるく、ふらふらしてきた。

その日の夕方、夫と息子は汗だくで帰宅した。息子がシャワーを浴びている間、夫は自分がつかんできた情報について、ツバメの子のような小声でまくしたてた。

「心配しなくていいよ。ぽつりぽつり話してたけど、相手はいろいろ問題のある女の子たちで、前から有名な連中らしい。でも、おまえのことも考えてちゃんと一言言っておいた。体面というものがあるんだから、あんまり尻軽な子たちとはつきあうなよ、体裁を考えろって言ったらうなずいていたよ。すぐわかったらしくて、しばらく自制するって言ってたぞ。お母さんの気嫌を損ねたらおまえも俺も飯はおあずけだからな、って言ったら全部のみこんだようだから、もう安心しろ」

シャンプーの匂いがする濡れた髪のまま座った息子と、向かいの夫とが、互いにつっつきあって笑っている。遠慮なく笑い合う姿を見ていると、だんだん居心地が悪くなってきた。不快だった。解決すべき問題は、息子の体面でもなければ母親の気嫌でもないだろうに。私は女の子の名前を書いたメモ用紙を握りしめて、食卓についた。夫が同意しなくとも、息子がうなずかなくとも、言うべきことは言ってやろうと思った。そのときだった。トイレで娘が声を上げた。ママ！　ママ！　ママ！

娘は赤いしみのついた下着を持ってべそをかいていた。初潮だった。

中途半端に足を開いたまま立っているのをいったん便器に腰かけさせ、股の内側についた血を拭いてやった。ぶるぶる震えていた娘がとうとう泣きだした。もう習ってたのに、全部知ってたのに、やっぱり怖かったと娘が言い、そんなわが子が哀れで、私は娘をぎゅっと抱きしめた。

娘を胸に抱いていると、息子がつきあっていた女の子たちのことが思い浮かんだ。その子たちだって生理があるのに。初めてのときには怖かったろうに。誰かがその子たちを抱きしめて、大丈夫、あんたが悪いんじゃないと言ってやっているだろうか。

「ママも泣いてるの？　なんで？　私もう泣いてないよ、泣かないで」

あなたが女だから、世の中のありったけの不当さ、辛さがとうとうあなたにもやってきたから、それが切なくて泣いてるのよとは言えない。わけもわからず私の背中を撫でてくれていた娘はすぐに泣きやみ、自分でナプキンを使ってみると言って奮闘していた。そんなにも幼いのだった。

夫と息子はなすすべもなく、冷めていく料理の前で妻と娘を、母と妹を待っていた。やっと自分でナプキンを当てた娘がぎこちなく笑いながら彼らの方へ歩いていく。よたよたと歩くその姿を見ると、私は誰にであれ、心から謝りたかった。告白したかった。ジエ、スミン、カヨン、ヘビン、ソヨン……私はメモ用紙に書いてあった名前をそっと呼んでみた。

そして私は、娘と自分の生理の周期が同じだということに思い当たった。

作家ノート

更年期は「更年期《キョンニョンギ》」と書く。「更」という漢字には、「ケン」と読むときには「また・さらに・逆に・反対に・あまりに」という意味があり、「キョン」と発音するときには「直す・改善する・変更する・変える・返す・賠償する／引き継ぐ・続ける／経験する・過ぎる・通過する／老人／夜の時間」といった意味で使う。意味だけで見れば、更年の「更」は「キョン」の方が似合いそうに思える。

一方、「キョン年」の「キョン」に当てる漢字も意味によっていろいろだが、「頃年」なら近年（この何年かのあいだ）、「慶年」ならおめでたい年、「経年」は年を経るという意味だ。

三十年前、子宮とは「息子が育つ宮」だという意味だと習った。二〇一七年の小学校の性教育では、「子どもの家」と教えているという。

最初に構想したときの題名は「七五年生まれ、キム・ジヨン*」だった。キム・ジヨンは私の本名であり、娘二人を育てている四十三歳の女性の物語だった。もちろんここに収めた小説はその構想から生まれたものではない。

苦労するだろうと思っていたが、やはり大変だった。必ず参加したい企画だったので喜んで依頼に応じたが、喜びは引き受けたその瞬間だけのものだった。どうして大変だったのかといえば、本で読むフェミニズム、SNSに出てくるフェミニズム、私が知っているフェミニズムとこうであってほしいと望むフェミニズム、わが家でのフェミニズム——娘に説明するフェミニズムと夫を説得するときのフェミニズム、私が書きたかった小説の中のフェミニズムと結局書いた小説の中に閉じ込められてしまったフェミニズム、それらのすべてが全部違うものだったためである。何より、実際の私が実践しているフェミニズムがそれらすべてのフェミニズムに追いつけないために、私が大きな混乱に陥ったためだ。反省したい。

この小説を最初に読んでくれたSが、こんなことを言った。「女対女、女対男の構造を作らず、哀れっぽい、しみったれたフェミニズムも止揚しましょう!」私自身が何よりも願っていたことだ。しかし、金づちで男の頭を割ってしまう女が登場する十年前に書いた小説の方が、もっとフェミニズム的な小説だったようにも思う。けれども、誰も死なない今回の小説の方が十倍も書くのが大変だったことは、誰も知るはずがないのでここに記しておく。

＊二〇一六年に出版されて大反響を呼んだチョ・ナムジュのフェミニズム小説『82年生まれ、キム・ジヨン』にちなむ。一九八二年に生まれたキム・ジヨンという女性が経験した女性差別を克明に描いている。

「結婚しなければ寂しいだろうと、なぜあんなにうっかり信じ込んでしまったのか。多数が選ばない別の生き方もあるということをなぜ、認められなかったのか。結局、私もジナも同じだ。それぞれ、自分が考えて選択した人生なのだし、その選択の責任を負って生きているだけだ」

これは推敲の過程で削除した文章だが、なぜか捨てたくなかった。

小説の素材に使ってくれと、無数の体験談や実話や噂話を提供してくれた友人や隣人たちに感謝を捧げる。私たちがみんなで読める本がまた一冊生まれてうれしい。感謝の印に、これらの人たちにこの本を送りたい。

ざくろをむいて食べれば指先が黄色く染まる。「更年」は二〇一七年秋に書いた小説だ。

すべてを元の位置へ

チェ・ジョンファ

〈おもな登場人物〉

私（ユル）…女性。再開発事業で人々が立ち退いた建物の内部を撮影する仕事についている。

課長…ユルの上司で、ユルを監視するような態度を見せる。

某…武道など何らかの修行をしており、ユルの行動に意見をする。

湿疹がまだ治らないみたいだね、ユルさん？

棚からカメラを出していると課長にそう聞かれた。質問なのか一人言なのかわからない、無味乾燥な口調だ。急にセミが鳴き出したので、答えるタイミングを逃がしてしまう。九月になっていたがセミはときどき鳴いていた。息を殺しているような静寂が流れたかと思うと、またいっせいに耳元で鳴きたてる。そんなセミの声を聞いていると、自分の中にあるものがどんどん出ていくようで、かえってせいせいする。

夏が過ぎたら、よくならないですかねー。

セミのおかげで、どうとでもとれる返事を返すことができた。

夏の間ずっと湿疹が出ていたので、手のあちこちには、まるで小さな動物が尿をした跡のような茶色の痕跡が残っていた。皮膚がひび割れ、そこから真皮が赤く盛り上がっているところもあるし、黄色い膿《うみ》のついた突起が出ているところもある。そのどちらでもなく、まだ痛みもないけれど、爬虫類《はちゅうるい》の皮膚のようなぞっとする形に表皮が変形してしまったところもあった。うら若い女性の手がそんなことでどうするんです、もう少し気を遣って手入れすべきじゃないかと課長が小言を言う。きちんと薬を飲み、ときどき注射もしているし、毎朝晩消毒もしているのにいっこうによくならないのだ。傷がほとんど治ったかと思うとまた広がり、かさぶたになってはがれるくり返しが三回を超えた。かゆみと刺すような痛み、熱感を伴って腫れ上がる一連の症状にはだんだん慣れて何とも思わなくなっていたが、課長の一言でまた、がまんできないほどかゆくなってきた。

L市の建物群が、伝染病にかかった牛のようにばたばたと倒れはじめたのは去年の夏のことである。背中に大きな白い「韓国建設」というロゴの入った黒いジャンパーを着た人々の一団が動員されて、まともな建物を廃屋にして回り、以来そこには誰も立ち入りできず、不吉なムードを残したままで放置されていた。住んでいた者たちは言葉もなく去り、何ヶ月もしないうちに新しい建物が建てられて、まるで何事もなかったかのように看板がかけかえられた。立ちのき後の廃屋や廃ビル内部の映像資料と写真を管理する仕事だというので、あまりよく考えもせずに応募したら、なぜか受かってしまった。人に対応することにちょっと疲れていたせいもあって、静かなところで一人で働けるなら良いなと思ったのだが、勤務時間のほとんどを一人で過ごし、廃墟のすみずみまで見て回るのは、思ったより手ごわい仕事だった。

課長とは意識して適当な距離を置き、仕事と関係ない話をすることはできるだけ控えていた。私的なことを話すようになったのは湿疹のせいだ。湿疹がだんだん目につくほど広がってきたので、同じオフィスにいて知らないふりをしていることもできなくなったのだ。問題は、そのようにして始まった私的な会話をうまくコントロールできずにいるうちに、同じような会話が

郵　便　は　が　き

おそれいりますが切手をおはりください。

101-0052

東京都千代田区神田小川町3-24

白　水　社　行

購読申込書

■ご注文の書籍はご指定の書店にお届けします。なお，直送をご希望の場合は冊数に関係なく送料300円をご負担願います。

書　名	本体価格	部　数

★価格は税抜きです

(ふりがな)

お　名　前　　(Tel.　　　　　　)

ご　住　所　(〒　　　　　　)

ご指定書店名（必ずご記入ください） Tel.	取 次	（この欄は小社で記入いたします）

『ヒョンナムオッパへ』について	(9681)

■その他小社出版物についてのご意見・ご感想もお書きください。

■あなたのコメントを広告やホームページ等で紹介してもよろしいですか？

1. はい（お名前は掲載しません。紹介させていただいた方には粗品を進呈します） 2. いいえ

ご住所	〒 電話（ ）		
(ふりがな) お名前	（ 歳） 1. 男 2. 女		
ご職業または学校名		お求めの書店名	

■この本を何でお知りになりましたか？

1. 新聞広告（朝日・毎日・読売・日経・他〈 〉）
2. 雑誌広告（雑誌名 ）
3. 書評（新聞または雑誌名 ） 4.《白水社の本棚》を見て
5. 店頭で見て 6. 白水社のホームページを見て 7. その他（ ）

■お買い求めの動機は？

1. 著者・翻訳者に関心があるので 2. タイトルに引かれて 3. 帯の文章を読んで
4. 広告を見て 5. 装丁が良かったので 6. その他（ ）

■出版案内ご入用の方はご希望のものに印をおつけください。

1. 白水社ブックカタログ 2. 新書カタログ 3. 辞典・語学書カタログ
4. パブリッシャーズ・レビュー《白水社の本棚》（新刊案内／1・4・7・10 月刊）

※ご記入いただいた個人情報は、ご希望のあった目録などの送付、また今後の本作りの参考にさせていただく以外の目的で使用することはありません。なお書店を指定して書籍を注文された場合は、お名前・ご住所・お電話番号をご指定書店に連絡させていただきます。

ずっとくり返されるようになったことだ。課長は、つかまえたねずみを手放さない猫のように湿疹について根掘り葉掘り聞き、そんな会話をくり返すのが私には徐々に耐えられなくなっていった。

引き出しから塗り薬を取り出して手に塗った後、バッグをかついで立ち上がる。オフィスの後ろの壁に貼ってある予定表に、赤いペンで「10：00〜1：00」と書き入れた。五階建てのビルだというから、二時間ぐらいあれば終わるはずだが、予想外の事態に備えて一時間ほど余裕を持たせておいた方がいいだろう。作業が早く終わった場合も、一時間程度の残業手当をもらったからといって怒る人はいないので、たいていは一時間ぐらい長く書いておく。ときどき、書いておいた予定より長くかかることもあるため、差し引きすれば損も得もしていないことになる。

バスに乗り、屋台で買った海苔巻きを頬張りながら、窓の外を行き過ぎる景色を見ていると、まるでハイキングにでも来ているような気分だ。日差しの下で本来の華やかなデザインや色彩を誇っている建物や人々に視線を投げると、一瞬心が明るくなる。だが、まだ停留所をいくつか通過するよりも前に、目の前を流れる風景がいつしか光を失いはじめる。この仕事を始めて以来、こういうことがときどきあった。あたりがしだいに暗くなり、濁っていき、最後は本来の色彩をすっかりなくしてしまう、そんな幻に苦しめられるのだ。

当時の私は多くの刺激にさらされていた。廃屋にされた建物というものはそれこそ無人の静かな空間で、死んだような場所だろうという当初の予想とは異なり、そこは人々がうごめくL市の中でもいちばん騒々しい場所だった。誰の姿も見当たらないのに、あちこちから大勢の人々の声が飛び出してくるし、完全な形をしたものは何もないのに、世間にあるもののほとんどがあった。最近は火で焦げた跡もときどき見つかり、灰色一色の光景の中に、私はあまりにも多くのものを見た。がらあきの建物たちはまるで私を待っていたかのように食らいついてきて、自分の言いたいことをぶちまけ、私は必死に汗を流してそれらをカメラに収めた。おかげで週末の休みには誰にも会いたくなかった。音楽も聴かず、電気を消して部屋で横になっていた。窓の外からときどき鳥の声が聞こえてくるか、風が吹き、カーテンが揺れるのを除いては、何の音も、動きも、見聞きしたくなかった。

課長は課長でヒステリックになっていった。現場の様子をじかに見るのもストレスフルだが、オフィスに座ったまま、どれもほとんど似たりよったりの廃屋の中身をずっと見ているのもまた楽な仕事ではなかったのだろう。最近私は彼に異様な気配を感じる。撮ってきた動画や写真を検討しながら、課長が何だか嫌そうな目つきで私をちらちらと見ることがあるのだ。その写真や動画の中で起きていることは、すべて私がしでかしたのだとでも言いたげに。

写真は単なる記録でアーティストの作品ではないということを、課長はたぶん忘れているのだろう。彼がそこに何か忌まわしいものを感じたなら、それは当然ありうることだった。なぜならその写真はすべて灰色にくすみ、形は崩れ、また、彼らがきっちり守ってきた秩序から逸脱していたからだ。その中には人はおらず、人の痕跡があるのみで、しかしその痕跡すらもまた破壊されていたからだ。だが、私は存在しないものを作り出したのではない。それは私の創造物ではない。それはL市だ。混乱そのものだ。疑わしいというなら、私が撮影した写真を見て私のことを推し量ろうとする課長の方が私よりずっと疑わしい。私は災難の記録士であって、この場面を演出した監督ではない。だが課長はしきりに、私が渡した資料から私の意図を探ろうとしていた。まるで私が偉大で高尚なL市のイメージを台無しにする意図を持った不純分子でもあるかのように、映像をじっくり観察しては、私を疑っているのだ。

写真を一度、そして私の顔を一度。自分にはわからない希少種の動物を見物するように見つめながら彼は腕組みをする。私が撮った映像はどこか間違っていると言いたげに。彼が見ている場面がまるで私が演出したものであるかのように。

彼はモニターに顔をくっつけて首を振る。それから、何か大問題を見つけ出してやるというように、私に問いかけるのだ。

「ところでユルさん、その手はいつごろ治ると言ってましたかね？」

ビルに入る前にコンビニに寄り、カップラーメンまで食べたのは、本当に空腹だからではなかった。廃屋に入る前には必ず胃が痛むのだが、たぶん、そこに入りたくないという気持ちを正直に表すことができないから、本音が一回りして空腹のように感じられるのだと思う。偽の空腹感だとわかってはいたが、私はせっせとコンビニに寄って、いちばん手っ取り早くおなかを満たせるカップラーメンを買って食べた。人の顔ぐらいの大きさのプラスチックの丸いふたにうねうねしたインスタント麵をのせ、ろくに嚙みもせずにずるずる飲み込むと、一時的にではあるにしても気分が落ち着く。スープに添加された化学調味料が気分を奮い立たせてくれる。小さなステンレスボトルにアルコール度数の高い酒を入れて持ち歩き、ぐいっとあおりながら働く同僚がいると聞いたこともあったが、アルコール分解酵素のない私のような人間にはカップラーメンが最高だ。昼酒をひっかけたようにひそかに気分が高揚し、招待されて祝祭の会場に入る人のように堂々と胸を張り、建物のエントランスのドアをくぐれるのだった。

とにかくドアを通過できれば、仕事の半分は成功したも同然だ。他のどんな仕事とも同じように、この仕事もまた一種の時間との戦い、体力との戦いなのである。

最初にレンズを向けたのは入口と出口だ。崩壊現場を見ると、たいがいは出口の方の手すりが壊れており、血痕が残っていることもよくあった。出口を見ると、その建物の被害程度がだいたい予想できる。このビルの被害は重症といってよかった。壊れた蝶番《ちょうつがい》と、半分燃えてしまった玄関の足拭きマットを撮った後、煤《すす》で真っ黒になったガラス窓の前に立って外の景色を思い浮かべようとしてみたが、入ってくるとき確かに通過したはずなのに、その風景が簡単には思い出せない。だが、煤まみれのガラス窓を前にして勝手に思い浮かべた場面は、私の頭の中でだけはずっと消えず、むしろいっそう鮮明な記憶となって残る。

白い画用紙をずっと見ていたら色がだんだん違って見えてくるものだ、一日じゅうあんな灰色のビルの中で仕事をするのは心の健康によくないと言ってまわりの人は私を止めた。でも、この仕事を一度もやったことがない彼らに、なぜそんなことがわかるのだろうか？　まず、廃墟にされた建物たちを白紙にたとえること自体、理屈に合っていない。日常の風景が一瞬で灰色の廃墟になり、崩れ落ちていくのとは正反対に、仕事をしているとき、一面灰色の空間にはかえって色が塗り重ねられていき、灰色のビルの中で私は虹にも出会ったものだ。煤や埃の間をかき分けて降り注ぐ日光のかけらが廃墟に作り出す照明はときに、まぶしいほどに華やかで、美しかった。形が崩れてしまった暗黒の空間に、そのようにして新しいイメージが生まれ出るのを、私はぼんやりと見守った。壊れた階段の上に落ちる日光のかけらを眺めながら、私はもう一階上に行く力を得ることができたのだ。

髪にタオルを巻いた女二人が人造皮革のソファーに座り、一人はテレビを、もう一人はこれ以上退屈なものはないという表情で雑誌をめくっていた。美容師は、小学校高学年らしき女の子の髪を切っていた。カットを、と要件を伝えてソファの端に腰かける。はさみの刃がぶつかる音と、髪の毛が床に軽く落ちる音が、この世のすべてはごく軽く薄いものだけでできているのではないかという想像をもたらす。女の子のまわりに井戸のような黒い円が作られ、美容師がその上を踏んで歩くとあっさり散っていく。

手、どうしたの。

テレビから視線を離さないまま、一人の女が私に聞く。

湿疹です。夏はいつも手がこうなっちゃって。

湿疹？

彼女が私の手の方にさっと視線を投げかけ、大して興味なさそうにまたテレビの方を見る。湿疹だとはっきりさせたくて、私は正確に発音するように努めた。行く先々で説明しなくてはならないのがめんどうなので、関心もないファッション雑誌を手にとった。

はい、できあがり。

美容師が子どもの背中にあてたクッションをはずす。子どもは椅子から立ち上がる。立つと子どもの体はなおさら小さく見える。次は私の番だ。肩に布を巻き、その上からケープを巻いた後、美容師がはさみを手にする。

どうされますか?

すごく短く。

短いボブ?

いいえ、カットです。ショートカット。

美容師が説明してほしそうだったので、私は包帯を巻いた手を指差した。

髪を洗うのがとても不便で。

美容師が顔をしかめた。霧吹きで髪を湿らせた後、美容師はまるで肉屋が肉を部位別に切り分けるように髪を何か所にも分けて一束ずつ切っていった。しゃきん、しゃきん。軽いものだけでできた世界が始まる。

さっきのあの子、髪、全然とかしてなかったみたい。毛先がぜーんぶもつれててすごく苦労したわ。髪の手入れをしにきたんじゃなくて、もつれたのをほどきにきたみたい。何でしょね、あれ。

しゃきん。

しゃきん。

一束の髪がまた床に落ちる。

だけど、なんで手がそんなふうに?

美容師は、さっき私と女たちが後ろで交わしていた会話を聞いていなかったらしい。

切っちゃったの?　私も前にナイフで切ったところが治らなくて苦労したことがあったんだけど。

あ、違います。ただの湿疹です。


さっき廊下でユルさんのすぐ後ろにいたんだけど、あなただとは気づきませんでしたよ。他の人かと思いました。

課長は私に気づかなかったことがひどく残念だったらしい。

近ごろ、髪の短い女の人が多いけど、ユルさんがショートにするとほんとに別人みたいに見えますね。しかも、手もぐるぐる巻きにしてるから、後ろから見たら全然知らない人みたいですよ。けがをした子どもが間違えて入ってきたのかと思った、ユルさんだとは思いもしなかった。でも、そんなに髪を切っちゃうとまるで年齢も想像がつきませんね。最近の子どもは成長が早くて、小学生でも背は大人並みのことがあるからね。

課長の言葉が半分しか耳に入らなかったのは、目の前の動画ファイルのためだった。映像を撮っているときに失敗に気づくこともあるが、撮影時には全然わからなくて、オフィスに戻って見直して初めて発覚する失敗もあるからだ。ある階を抜かしてしまったとか、特定の場所に比重が偏りすぎていたなどの失敗をしたことがある。だが、昨日の録画分をチェックしていくと、失敗と説明することさえ不可能な失敗が見つかった。昨日の現場は六階建てのビルだったのだが、上階には行かず、ずっとくり返し二階を撮影していたのだ。建物は六階建てで、私は屋上にも上ってみたのに、カメラの上では六階に上るどころか二階で止まっている。二階、暗転。そしてまた二階、また暗転。そしてまた二階。

私は課長が何をしているのかちらっと見た。課長は新製品のフルーツゼリーを試食していた。それはオフィスでときどき見かける課長の平和、おやつの時間だ。静かな微笑を顔に浮かべ、せっせとスプーンを動かす姿を見ていると妙にほっとする。

再生ボタンをまた押してみたが、ずっと同じ場面ばかりが出てくる。カメラの異常ではなかった。二階の様子がくり返されるたびに、ごくわずかずつだが構図と流れが違っていたからだ。つまり、同じところを何度も撮ったということだ。

もう三回も続けて映る二階の煤けた天井を見ながら、私は冷や汗を拭いていた。煤けた天井と煤けた壁、倒れたテーブルと植木鉢、家財道具、そして割れた床のタイル。画面はずっと、同じものを違う構図で映し出している。

課長が私を見もせずに質問する。

これ新製品なんだけど、すごくおいしいね。ユルさんも少し味見しますか?

課長の質問が私を苦役の中から救い出した。背中に汗をかき、何かがちくちく刺すような痛みを感じる。このちくちくする痛みには覚えがある。手の痛みを背中で感じているのだ。錯覚だということはわかっていたが、背中は相変わらずひりひりする。

私は消毒液を取り出して手の甲にこびりついた黄色い膿を拭き取ってから塗り薬を塗った。手の真ん中が、干ばつのときの地面のようにぱっくり割れている。ふと、手の傷が、ぞっとするような外見の生命体が口を開けた姿のようにも思えた。これじゃほんとに中から何か出てきそうだ、と私は一人で冗談を言った。

バッグにカメラを入れ、予定表に赤い字で9:00~2:00と書いた。課長が今日はもう出るのかと聞き、私がそうだと答えると、もう言うことがないのか、湿疹は少しはよくなったか、まだ全然治りそうにないのかと尋ねる。

もしかして湿疹じゃなくて、別の病気だってことはないですか?

私は課長がどんな病気を想像しているのか見当もつかない。

もっと大きい病院でちゃんと診断してもらった方がいいんじゃないかと思ってね。もう十月ですよ。みんな肌が乾燥して、しょっちゅうクリームを塗ったりする季節なのに、湿疹なんてちょっと変じゃないですか、ユルさん?

私は、湿疹は悪化したわけではなく、だんだんよくはなっている、ただ、自分でも気づかないうちに水に浸けてしまったりするのを防ぐために、つまり私自身にこの手が闘病中だということを見せるためにわざと包帯を巻いているのだと教えてやった。課長は、ありえないとでも言いたげに口をとがらせている。私の考え方がまるで理解できないという表情だ。

明日は録画した分を渡さなくてはならないので、私は昨日と同じマンションに向かった。そこまで行く途中にもいくつか失敗があった。バスを乗り間違えたため（一度は全然違う番号のバスに、もう一度は反対方向に行くバスに乗った）、二回も乗り換えなくてはならず、コンビニのカップラーメンでおなかを満たしても、入っていく気になれなかった。その日は化学調味料のスープも何の役にも立たなかった。とにかくビルに入りさえすればいいのだが、エントランスに入る気になれない。おなかの真ん中がぽっかりとあいたようで、力が出ない。ちょっと休んでからまた試してみようと思ったが、ビルの前の花壇のそばで一時間つぶした後も勇気が出なかった。

近くの商店をのぞいて、洋服屋を一軒見つけた。何となく宗教的な雰囲気だった。少人数の人々が共同体を作って都市のはずれで共同生活をし、市内にお店をいくつか持ち、自分たちで作った商品を販売してその収益で暮らしていると聞いたことがあった。端正なデザインの天然素材の服が並び、男女共用の商品が半分を占めている。色は全部、薄いベージュ系かグレーか黒と白。もともと私はユニークな柄や色でなければ惹かれないのだが、質素な美しさってこういうものかなと思いながら、ベーシックなデザインの商品を何枚かカゴに入れた。秋が急に迫ってきたので、長袖の服が何枚か必要になっていたのだ。オフィスに置いておくカーディガン一枚、コットンパンツ一枚、シャツ二枚だ。支払いをするとき、店員にメンバーズカードがあるかと尋ねられ、ないと答えると、カードを作ってポイントをためれば割引してくれると言う。それならとカードを作ってもらったが、何となく嫌だったので電話番号の最後の数字はわざと変えて書いた。

ところで、手はどうされたんですか？

店員が心配そうに聞いた。

私は美容師のことを思い出し、りんごをむいているときに切ったのだと答えた。

私もすぐ切るんですよ。手のひらを切ったことはないけど、主に指ですけど、それでいつもばんそうこうを貼っててね。

私は自分の手をじっと見た。右手全体を巻いた包帯は、果物をむいていて切った傷と言うには面積が広すぎた。

もしかしてご主人はやせていらっしゃいますか？　うちの商品は、よそのよりちょっとずつサイズが小さいんです。全部Mサイズですけど、ふだんMを着ていらっしゃる方ならLをお求めになることもありますよ。もう一度お考えになりますか？

いいえ、これでいいです。

昼休みを利用してショッピングをなさってるんですか。最近はそういう方が多いですね。

店員は私の事情を知るはずがないのだからただうなずいていればよかったのに、私はあえて否定したくなった。

午前中だけ有給をもらったんです。うちの会社はときどきそんなふうにするんです。まとめて休まれると会社の方で困るから、そうしろって社員に勧めるんです。

店員が紙袋に服を入れ、レシートとともに渡してくれる。

あのー。

私がためらいながら言うと、店員はまたにっこりと笑った。

Lサイズになさいます?

いいえ、そうじゃなくて。さっき言った、りんごをむいてるときっていうの、記憶違いでした。りんごじゃなくてかぼちゃでした。かぼちゃ、すごく固いから、包丁が滑っちゃったんです。

某は、私がその空間を掌握できていないためにそんなことが起きるんだろうと言った。空間を掌握するとはどういうことかと訊くと、彼は説明をためらってもじもじしていたが、たぶん彼自身も正確な意味がわからないまま漠然と想像で言っただけなのだろう。それでも彼は誠意を見せて、つっかえつっかえ、私を納得させようとして頑張った。

最近僕、ちょっと修業をしてるって言ったことあったかな? そのとき僕ら、目を閉じたまま自分自身の体を見ようとする訓練をやるんだけど、そうすると空間を見つめることにもなるんだ。空間を把握できると、自分自身の位置を把握できるからね。

某はしばらく話をやめた。私が理解したかどうか確認しているらしい。

君には、そういう種類の感覚が欠如しているんじゃないかと思って。僕が思うには、君は、えーと、誤解しないで聞いてくれよ。

私は修業なんてしたことがなかったし、空間を把握するというのがわからない。また、目を閉じて自分を見るというのもどういうことなのかわからない。その点が気になると言うと、彼はただ、僕らは目、つまりこの瞳孔というレンズを通してだけ世の中を見てるわけじゃないからね、と言って語尾を濁す。そして、ぱっと思い出したというように声を大きくした。

修業仲間の中には、目を閉じたままで周囲のどのへんに何があるか当てる人がいるんだ。その人の後頭部に第三の目があるんでないかぎり、彼は空間を掌握してるわけだろ。まあ、そういうことだよ。

「空間の掌握」は私が経験で習得した言葉ではないが、こんな言い方で私が置かれている状況を説明するというのは新しいし、興味深かった。私はその説明に魅力さえ感じた。某の理論によれば、修業、すなわち何らかの技術的な訓練によって、私が経験している問題状況から抜け出すことは可能なわけで、どこから見ても楽観的な説明だ。

どっちにしても、上階の記録の抜けを埋めるために私がまたあの廃ビルに行かなくてはならないことは既定の事実だった。翌朝までには課長に映像資料を渡さなければならない。某と別れた後、私はまたビルに向かった。真昼でも勇気がいるのに、夜中に一人であそこに入るのだと思うと気が進まない。だが、やらなくてはならないことはやらなくてはならないのだから、私は嫌がる馬を湖に引っ張っていくような気持ちで、とうとうビルの前に着いた。そして、何とか入口を通過し、ボールペンで手のひらに階数の数字を書きながら一階ずつ上っていった。

翌朝出勤したとき、課長は私の席の前に立っていた。そこに立って、何も置かれていない机の上をじっと見つめていた。私が入ってきたことにも気づかず、しばらく何かを考えているようだったが、わざと大きな声であいさつをするとやっとこちらを振り向いた。

ユルさん、来たね。

すみません。遅刻ですよね。今朝寝坊してしまったんです、すみませんでした。

いいんですよ。そんなこともあるでしょう。一年以上ここで働いてきて初めてのことですもんね。よかったですよ、私はユルさんが来ないんじゃないかと思ってたんです。そんなふうにして辞めてしまう人たちもいますからね。ある日、何も言わずにただ来なくなるんです。よかったですよ。

課長は、あんなところで働くのは楽じゃないのによく頑張っていると、いきなり私をほめた。私が顔を赤らめると、課長の目が光った。彼は、私が平常心ではないと思っているのだろうか。タカが獲物を見つけたように強い興味を示して、ゆっくりと私の方へ歩いてきた。

ところでユルさん、その手ですけどね。ほんとに病院に行ったんですか?

スズメの鳴き声が遠くないところから聞こえてきた。開いた窓から一陣の風が吹き込み、あいさつするかのように髪を吹き上げてまた下ろす。教科書に出てきてもおかしくないような晴れ上がった朝だ。課長もふだんより気分が良さそうに見えた。レジ袋に入ったおやつを机の上に乗せる課長の後ろ姿を見ながら、突然、廃墟に入るたびに私が感じるあの怖さを、彼はオフィスに入るたびに感じているんじゃないかと思った。

フルーツゼリーのふたをはがしながら、課長は口を開いた。

面接のとき、ユルさんはさばさばした性格の人だなと思ったんですがね。

課長は遠い過去を回想するように顔を上げ、すぐにゼリーをすくって口に入れ、口を動かした。

それと、昨日もらった動画のことですが。

私は課長が言い終わるのを待っていられなかった。

あ、映像が消えていた件ですよね。そのせいで夜にもう一度撮影するしかなかったんです。勤務時間はもう使い切ってたので、もっと時間をくださいとお願いするのはちょっと、あれだったので。勤務が終わってから夜にまた行くしかなくて。

先に言ってくれれば日程を調整してあげられたのに。ユルさんの言う通り、撮影時間と明るさがちょっとくい違っているところがありましたが、それだけじゃなくて、ちょっと変だったもんですからね。

課長が私の手を見た。

ところで、その手、まだあのままですか？　治っていないんですか？

私は笑ってみせるまねまでしながら、大丈夫です、ご心配をおかけしたくなくてと言葉を濁した。課長が説明を続けた。

ひょっとしてあの日あそこで、何かあったんじゃないですか？

はい？

何のことを言っているのだろう。

あのビルで何か、よくないことでもあったんじゃないかってことです。

私は何と答えていいかわからなかった。

あんまりきれいすぎたんでね。あそこに行ったとき、ほんとにああなってましたか？　ほんとに三階だけ、何もなかったみたいにきれいに片づいていたんですか？

課長は唇をつんと突き出して、首を左右に一度ずつ傾けた。

私は急にはっと気を取り直した。

はい、課長。三階のことですね？　三階がちょっと変なんですよね？　私もそうだったんです。私もやっぱり変だと思ったんですよ。でも、私があんなふうに演出したんじゃありません。私にあれを説明しろっていうのは……私はただの記録担当ですから。私もおかしいと思ったんですが、私の業務は撮影することですから、撮影するしかなかったんです。ただ、やれといわれた通りに、あそこを記録しただけなんです。私は撮影技師で、演出監督じゃありません。私はただあそこを撮る以外になかっ……

話せば話すほど私は不安になっていったが、それは、それまでずっと私の顔を気分が悪くなるほどじろじろ見ていた課長が、こんどは私の方を一度も見なかったためだ。私は彼がわざと視線をそらしていると感じ、それで不安になりはじめた。私はさらに耐えられなくなった。それで同じことをずっとくり返し、声はだんだん高くなっていった。

課長が私の方に頭を向けて、また画面を凝視した。そのとき急に気づいたのは、課長が私を見るまいと努力しているのと同じくらい、課長が見ている画面を自分が見るまいとしているということだった。

私はそれ以上言うべきことが思いつかず、課長は食べている途中のフルーツゼリーをデスクの上に置いた。

私は画面を見なかったが、何が間違っているかはわかっていた。画面の中に写ったビルの内部の様子が、あまりにもきちんと整っていたのだ。そこは崩壊し、破壊された場所なのに、散らかったものが一つもなく、すべてが元の位置に置かれていたのだ。壁紙は焦げて煤けていたが、テーブルと椅子は整然と並んでいた。灰の山の上には割れたタイルが一列に、散らばることもなく並んでいたし、茎が折れた花束は割れた花瓶にさしてあった。折れたテーブルの脚はソファーの上に並べて載せてある。誰が見ても、何者かがそこを撮影直前に片づけたと一目でわかっただろう。


その晩、私がやったことについて話そう。私はそれを少しも恥じていない。誰にでも、自分が引き受けた以外の仕事をするときはあるし、そのこと自体は、道理をはずれたことをしたのでないなら、単に何事かに遭遇して処理していくというよくあることにすぎないと思うからだ。

私は三階を片づけた。

もちろん、初めからそうするつもりではなかった。最初、私は倒れたソファーのクッションの間にはさまっている洋服の裾を見つけ、それを引っ張り出すとスカートが出てきた。私はどうしてもそのスカートを撮影する必要はないと思った。どうせ、ここにあるすべてのものを資料化するわけではないからだ。あるものは採用されず、あるものは選ばれる。だが、あえてこのスカートを画面に収めるべきだろうか。私はスカートの持ち主はそれを望まないだろうと思い、これが写らなかったとしても仕事には何の問題もないだろうと考えた。それで私はクッションの間にはさまっていたスカートを、自分のカメラバッグに入れたのだ。

だが、スカートを片づけてみるとその次は、テーブルの上に、同じ人物のものと思われる帽子があった。スカートを隠したのに帽子を撮って何になる、と私は思い、帽子もバッグに入れた。その次に、破れて垂れ下がっているカーテンが必要以上にこの状況をグロテスクに見せていると感じたので、一定の間隔でカーテンをたぐりよせ、床に落ちていた電線で縛った。倒れているソファーを起こせばちょっとましに見えるだろうと思い、そのようにした。つまり、ソファーはもともと半分ぐらい切り裂かれていたので、倒れていなくても十分に状況を伝えることはできると思った、という意味だ。それから私はテーブルの上に散らばっていたガラスのかけらを集めてゴミ箱に捨て、床に広がったゴミも全部、片づけた。すべてはそうやって一つひとつ進行したのだ。私はこれといってはっきりした意図を持っていたわけではなかったが、そうやって三階に散らばったものたちをみんなきれいに片づけ、整理したのだ。

もちろん私は現場を片づけるために送り込まれたのではない。私の仕事は、ただ現場の様子を映像に収めることだった。もしも異常な場面が現れても、そのまま画面に収めるのが私の仕事であるとわかっていないわけではなかった。だが私にはそれができず、現場の様子を撮るためには、まずそこを片づけなくてはならなかったのだ。

そのとき私の頭の中にあった唯一の思いは、すべてのものを元々あったところに置かなくては、ということだけで、部屋をすっかり片づけ終わったとき、私はほとんど力尽きていた。だが目の前には、その部屋が以前の姿を取り戻せるよう精一杯努力した結果が広がっており、私にはそれこそ自分が本当にやりたかったことだということがわかった。今にも倒れそうだったが、私は安堵のため息をつき、ようやくカメラを取り出して構えた。

映像を撮り終えたとき私は、何のせいかわからないが、またもや不快な気分に襲われた。心臓が早く打っており、あたりをもっとよく見回せ、どこかにもっと、原位置を離脱したものがあると私に教えてくれた。

私は膝をついてそこから立ち上がり、部屋の入口から時計回りにゆっくり歩きながら、どこかに間違って置かれたものがないか探しはじめた。私の心臓を突き動かしているものをだ。だが三階はもう完璧だった。すべては可能なかぎり、元々あったところに置かれている。その中のどれをとっても、これ以上私の手を入れてもよくなりそうにない。私はもう切実にこの廃墟から出ていきたかった。体力は完全に底をついており、気力が尽きる直前だったのだ。

カメラを入れようとしてバッグを開けたとき、私はその中に入っているスカートを見た。カメラを入れるならこの服をどこかへ捨てなくてはならない。私はスカートと帽子をまず取り出した。そしてそれをゴミ箱に入れた。バッグの中に入れるためにカメラを持ち上げたとき、また心臓がどきどきしはじめた。何かが違う、元の位置にないと叫んでいる。

私はうなだれて、カメラを持った手、包帯で巻かれた私の右手を見た。

私はカメラをおろして包帯をほどいていった。私の右手。それは明らかに私の体についているが、もはや私自身に属した肉体ではなかった。カメラを持った手には茶色のしみが、小動物の排泄物の跡に似たあのしみがなかった。それは、湿疹に侵された手ではなかった。その手は、傷だらけの、黒く日焼けした私の手ではなかった。その手はまっ白で、傷一つなくなめらかで、短く切った爪の先は丸かった。私の手より三センチほど長く、節が太い指もまた、私の手とは遠かった。

それは私の手があるべき場所に間違って生えた、他人の手だった。それはある男の手だった。私はその男が誰なのか知らなかったが、その男の手は私の手首にとりついて、明らかに生きて動いていた。

作家ノート

フェミニズムを知って、私は以前よりずっと自由になった。息が苦しくなるようなブラジャーをもう使わないようになり、体毛が不自然なものに見えなくなり、公共の場で生理ナプキンを取り出すのが恥ずかしくなくなった。被害を受けたことに自責の念を持って苦しむことがなくなったし、私が過敏なせいでそうなのだろうと思ってきた嫌なことを、相手にちゃんと伝える勇気を持てるようになった。

一方、別の面から見れば自由ではなくなった。私の中の女性嫌悪が飛び出してくることに恐れを感じる。私は女性なのに、女性を卑下し、侮辱する行為に加担したことがある。男性の視線で自分自身を見て断罪したり、私のジェンダー・アイデンティティに反する文化を楽しむこともあった。この小説を書きながら、それに近い怖さを感じた。フェミニズムという名前をつけて紹介されるこの小説が、どこか間違っていないだろうかという心配だ。私自身が受け入れられない汚染された部分が発見されるのではないかと。

恐れに打ち勝ち、わずか一歩であっても前に進もうとする気持ちでこの小説を書いた。ときに男性の目で世の中を見、男性の声で世の中を語ることの方に慣れてしまっている自分自身から、まず解放されたい。

異邦人

ソン・ボミ

〈おもな登場人物〉

彼女…有能な刑事だったが、二年前に挫折を味わって以来仕事を休み、引きこもっている。

彼…彼女の後輩で、彼女に復帰してほしいと願っている。

局長…権力者と結託しており、彼女と彼が解決したいと願っている事件をもみ消す。

女の子…二年前に、彼女の取り調べを受けている間に急死。遺体から未確認化学物質が発見された。

男の子…女の子に何らかの形で薬物を用いて死に至らしめ、責任を感じて自殺。

K…舞台となっている都市を牛耳る実業家。

国会議員…二年前に死んだ男の子の母親。Kと便宜を計りあって利権を貪る。

食堂のオーナー…都市の裏情報に詳しい人間。彼の経営する食堂は違法なバーチャル自殺プログラムなどを売り買いする場となっている。

その道を歩いていくとき、彼女は一度も目をつぶらなかった。目の前に広がるすべてのものを最大限に実感したかったからだ。彼女の前には、成人の背丈の四倍はありそうなヒノキの木が何百本も、高々とそびえていた。からみあった枝と葉が空をさえぎっていたが、ところどころからまぶしい光がこぼれていた。立ち止まって顔を上げると、もつれた木の葉の間からちらちらと青空と雲の動きを見ることができる。完璧な色感だ。その瞬間、嚙みしめていた唇から苦笑が漏れてきた。彼女はまた歩きはじめた。何度となくここを歩いてきたから、どんな風景が現れるか誰よりもよく知っている。森が尽きるところに、視野に入るのはただ虚空だけという切り立った絶壁がある。まるで誰かが何の悪意もなく、さりげなく、そこで世界を切断したかのように。一筋の風もない。あたりまえだ……彼女は絶壁の端に立って下を見おろした。めまいがする。駆けおりていく瞬間、絶対に目をつぶるまいと彼女は誓っていた。

彼女の眠りを破ったのはドアをたたく音だった。音は建物全体を壊さんばかりにうるさかったが、荒っぽくはない。まだ目もちゃんと覚めていない彼女が、気を取り直そうとして無理やり唾を飲み込んでいる間にもその音は途切れることがなかった。「ここに住んでる人を全員、起こすつもりなの？　頭、いかれてるの？」とうとう隣の部屋の女が出てきて叫んだ。「まともな人なら起きてなきゃいけない時間ですよ、奥さん」。ドアをたたく手は止めないままで、彼はしゃあしゃあとそんなことを言う。参ったね、と彼女は乱れたロングヘアをかきあげながらつぶやき、ドアを開けると隣の女にむかって肩をすくめてみせた。相手は中指を上げて振ってみせた。悪い人ではないのだ。ただ、睡眠不足に苦しんでいるだけ。

彼女の家は信じられないほど蒸し暑く、暗かった。彼がベネチアンブラインドを上げると、彼女がまたおろす。彼がブラインドの羽根の角度を少し開けた。すきまから光が入ってきて、リビングに長い光の帯を作り出す。彼は汗を拭きながら黙って室内を見回した。ブザーも押さずにドアをたたいていたさっきの無謀さはどこへやら、少し落ち着きを取り戻したようである。細長い長方形の部屋だ。壁のあちこちにひびが入っている。長方形の左端には小さなキッチンがついており、家具といってはマットレスが一枚ぽつんと放り出されているだけだ。マットレス一枚しか持たない人間が一人で住むには、広すぎる部屋だ。

彼女は彼に、今回はどうやって私を探したのかと聞きかけてやめた。

二年前、彼女はマスコミの集中砲火を浴びて捜査局から追い出された。「恥辱的な退場」「高圧捜査の末路」――これらは、まだしも意地悪ではない方の見出しである。六ヶ月の停職ですんだが、彼女は復帰する代わりに街の西側に引っ越した。家具はすべて捨て、引っ越し荷物はマットレス一枚だけ。彼女は捜査一局の人々が、自分が夜眠れるかどうか、アルコール中毒になっていないかどうかで賭けをしていたことを知っていた。引っ越してから一週間経って、彼女を訪ねてきた彼が教えてくれたのだ。彼は彼女を探すために若干の金を使い、多少の違法行為をしたと言った。

「みんなが先輩のこと、まいた種を刈り取ってるんだって言ってます」

彼女は笑わなかった。

「だから、答えてやってくださいよ」

「私は不眠症じゃないし、酒も飲んでない」

「よかった」

彼女が何も答えなかったので、彼はまた口を開いた。

「そろそろ復帰してください。あれは先輩のミスじゃなかったんだから。単に、そういうことが起きてしまったってだけのことでしょう」

彼女は、そんなことは何の関係もないというように言った。

「もう二度と来ないで」

何日か後、彼は両手にレトルト食品と季節の果物、そしてチョコレートとゼリーでいっぱいの袋を持って彼女に会いに来た。彼女は彼が見ている前でそれを袋ごとゴミ箱にぶちこんだ。その次に彼は、殺人事件のファイルを持ってきた。彼女はそれを破ってしまった。それらの動作はみな、ゆっくりと行われた。彼は薬指で眉毛のあたりをかきながら言った。「こうするだろうと思ったから、コピーを持ってきたんですよ」。彼が四回目に訪ねてきたとき、彼女はもうよそへ引っ越した後だった。彼は彼女の引っ越し先を探し出し、食べものがどっさり入った袋と新しい事件ファイルのコピーを両手に持って、またもやブザーを押した。彼女はドアを開けてやりもせず、十日後にまた別のところへ引っ越した。すると彼がまたもや……そのようにして約一年が過ぎた。

　半年前、彼はついに彼女を引っ張り出そうとすることを諦めたようだった。あんな幼稚なかくれんぼは終わったと思っていたのにと、彼女は壁にもたれて腕組みをしたまま、彼を見つめて思った。夏用の紫色のシャツが彼の広くてやせた肩の線を強調している。眉が濃く、手がとても大きい男だ。彼の瞳——たいがいは純真に見えるが、ごく稀には心を見通すような——は茶色だった。彼はまるで彼女に頼まれて持ってきたみたいに、事件のファイルを手渡した。彼女は彼を無視して窓の方へ歩いていき、その後、人差し指と中指でブラインドの羽根の間を開けた。直射光線が彼女にめまいを起こさせる。正午にもなっていないのに、この街全体が熱気でふらふらしている。子猫一匹うろついていない。物乞いが一人、日陰に座って施しを待っているのが見えた。無駄骨だね、と彼女はつぶやいた。

「一度ぐらい、見てくださいよ」

「それは違法でしょ」

「捜査局の人材データベースにはまだ、先輩の名前があります」

　彼は彼女の後ろ姿を見ながら言った。以前にくらべてはるかにやつれたようだった。目の下にくまができ、皮膚は漆喰のように青白い。何か問題を抱えているのだろうか？　問題？　どうしてないわけがあるだろう？　二年前、あの女の子が屋上から落ちて死に、男の子が一週間後に同じ場所で同じ方法で死んだのに。あのとき女の子は十九歳、男の子は二十歳だった。

彼はファイルボックスに入れてあった写真を取り出して彼女に近づき、目の前に突き出した。彼女は、写真の色が急にぼやけるような感じに捕らわれた。吐きそうな気分になる。初めて現場に行ったとき、まばたき一つしなかったのは彼女だけだった。「おまえ、死体への免疫力がずば抜けてるなぁ」。局長は――イタリア製のオーダーメイドのスーツを着た白髪の局長はそう言った。死体への免疫力と同じくらい、捜査能力も優れていることが明らかになるまでそんなに長い時間はかからなかった。「大した直感を持っている」。これも、局長が彼女について言ったことだ。

今、彼が彼女の目の前で振っている写真は、残酷なものとはいえなかった。二十代半ばの女がビニール素材のガウンを着たまま、両手を胸の前で合わせ、首が横に曲がったまま寝ている。左足が外向きに折れており、ガウンが腿の上までめくれ上がっていた。白目をむいた目の周囲は鬱血している。首を絞められたらしい。彼が写真をまたファイルボックスに入れながら言った。

「東側地区で発見されたんです」

東側地区で発見された死体としてはきれいだった。奇妙なほどきれいだった。その上、窒息死だなんて。あの町で殺人といったら、引き金一つ引いておしまいなのに。その後に起きることはただの遊びにすぎない。彼は窓際に立ってベネチアンブラインドの角度をまた調節した。

部屋の中はまた、彼が初めて入ってきたときと同じように暗くなった。

「反抗した形跡は一つもありません。身元は全くわかりません。家族も現れなかったし。でも……」

彼女は関心なさそうに何も答えなかった。彼が話しつづけた。

「彼女の小指の爪からＳが発見されたんです。あのときみたいに」

「Ｓ？」

「スキピオン（ハンニバルを破った共和政ローマ期の軍人）。報告書はまだ、僕だけが持っています」

彼女はうつむいて片手で額を支えた。髪の毛が垂れて顔の片側をおおう。彼はじっと待った。

ついに彼女が彼に近寄った。

「勘違いしてるみたいだけどね」

彼女は低い声で吐き出すように言った。

「帰って。もう私の目の前に現れないで」

彼はファイルをマットレスの上に置いた。彼が外へ出ていくと、彼女は窓を開けてファイルを彼に投げつけた。それがまるで自分の属している空間の空気を汚すとでもいうように。

四日後、彼女は彼に電話した。通信手段を何も持っていなかったので、隣の部屋の女にしばらく電話を借りなくてはならなかった。だからつまり、悪い女ではなかったのだ。睡眠が不足すると、ちょっと攻撃的になるだけのこと。呼び出し音を聞いている間ずっと、彼女の心の深いところから苦い味がこみあげてきた。二年前のあのとき、女の子の死因は飛び降りだった。それは明らかだった。あの子の小指のささくれに何らかの化学物質の痕跡が残っていたこととは関係ない。それを発見したのは彼だった。誰も気づかなかったが、彼は死体を見るなりそのことを見抜いた。彼はその粉末を採取して保管しておき、彼女に報告した。問題は、その粉末の成分が分析不可能という報告書が出たことにある。未登録の化学物質？　そんなものがありうるはずはないのに。局長はその物質を「スキピオン」と呼んだ。理由はわからない。彼女はそれが何を意味するのか理解できなかった。男の子の葬式が終わり、その母親——背の高い、黒いレースの手袋をした女性——が密かに捜査局長に会った翌日、局長はその報告書と関係する資料をサーバーから削除し、紙の報告書は自分の机の一番下の引き出しに入れて鍵をかけてしまった。さらに、男の子の遺書を誰の目にも触れないようにした。

「ことを大きくしようと思わない方がいいぞ、警部補。私にはみんなを守る義務があるんだ」

イタリア製のスーツを着たおしゃれな局長はそう言った。

彼の直通番号は変わっていなかった。彼は、彼女が言ったことを真似してみせた——「勘違いしてるみたいですけどね」。彼はいつもそんな調子だった。つまらないジョークだ。五年前に初めて彼女のパートナーとして配属されたときからそうだった。彼女は、この四日間自分が過ごした時間をつまらないジョークと言えるかどうか、考えてみた。いや、この二年間がずっとそうだったということだろうか？　いや、自分の人生全体が……。今までと同様、彼女は彼の言葉を無視することもできた。また引っ越してもいいのだし。それは難しいことではなかった。「スキピオン」だなんて。実際、彼はほとんど何も知らなかった。彼が知っているのは、自分が「スキピオン」に関するすべての情報から遮断されているということだけ。しかし彼は同時に、それこそすべての鍵であることに気づいていた。電話を切るとき彼女は何度も吐き気を催したが、吐くものがなかった。隣の部屋の女が気遣わしげに首を振りながら、冷たい水を一杯持ってきてくれた。

一時間後、彼女は街に出て、とある安食堂に向かっていた。コットンの半袖シャツとスラックスという身なりだった。そしてサングラス。いつも直射日光が問題だったのだ。吐き気とめまいはそれでもがまんできたが、直射日光にはどうにも耐えられない。食堂ではドレス姿の女が二人、カウンターに座って話し込んでいた。二人ともひどくやせており、拒食症を疑われそうなほどだった。一人はおかっぱでもう一人はショートカットだ。彼女はその女たちの業務を知っていた。おかっぱの女が言った。「あの子がとうとう就職したの、どこだか知ってる?」ショートカットの子が首を振った。「リドンだよ」。ショートカットの子がびっくりした表情を浮かべて言った。「えー、まさか、あの子が? どうやって?」。彼女はそっと二人の方を見やった。この街でリドンを知らない者はいない。Kの傘下の製薬会社だ。何年か前、リドンが処方箋がなくても買える向精神薬を開発するためのロビー活動を盛んに行っているという噂が、街のいたるところで公然とささやかれていた。今ではそんな噂があったことすらみんなほとんど忘れていたが。いずれにせよKはあらゆる分野に手を伸ばしていた。K所有の会社には優秀なエリートがひしめいていた。この街に出回っている金の半分はKに関係しているはずだった。

あごひげを馬のしっぽのように伸ばした食堂のオーナーが、女たちに箱を二つ渡した後、彼女に近づいてきてワッフルの皿をくれて軽くあいさつした。もうすっかり湿気《しけ》てへなへなになってしまったワッフル。サービスで食べ放題のものだ。彼女はそれを口にしたことはない。コーヒーからは雑巾みたいな味がしたし、カップは縁が欠けている。暖房もちゃんときいていなかった。それでもさっきのドレスを着た女たちのような人々にとっては、ここは救いの地も同然なのだ。もちろん私にとってもそうだけどね、と彼女が考えていると、彼が近づいてきた。

「こんな場所、どうして知ってるんです？」

彼を見ると笑いが漏れた。自分自身に向けた冷笑のような笑い。彼女は自分が今、どこへ行きたいのかわからなかった。彼はかばんから、事件のファイルとシグ・ザウエルを一挺、そして携帯電話を出して彼女の方へ押しやった。彼女はバーの方を見た。オーナーは今やってきた男たちと話しているところだった。

「私の名義で契約した電話です。料金は私が払いますから心配しないでください」

彼女は携帯をポケットに入れたが、シグは手に取らず見ているだけだった。それは彼女の銃だった。二年前に返納したものだが、自分の銃だということはすぐにわかる。

「銃はいらない」

「銃器管理室にまだあったんですよ。先輩は正式に辞めたわけじゃないんですから」

彼女はしばしば虚を衝かれたような顔をしていたが、彼は彼女の表情を見ていなかった。彼女はうんざりしたようすで拳銃を腰にさした。

「誤解しないで」

彼は理解できないというように彼女を見て、ゆっくりとまばたきした。

「復帰はしないから」

そんなこと今決めなくても、という言葉が彼ののどもとまで上がってきて、また降りていく。

「夕ごはんでも食べます?」

彼女は手を頭の上に上げて振りながら歩いていったが、しばらく立ち止まって、壁にかけてある旧式のテレビの方へ視線を投げた。人工降雨に関する討論をやっていた。聞き飽きた話だ。画面が変わり、番組の途中でコマーシャルになった。コカコーラのCMと各種の中毒防止キャンペーンだ。賭博、麻薬、そしてバーチャル自殺。センスのない黄緑色のツーピースを着た女が出てきて言った——バーチャル自殺への中毒は深刻な副作用を引き起こします。国の許可を得ていないバーチャル自殺プログラムの購買は、重大な違法行為です。

画面が変わり、スーツを着た人たちが出てきて都市の気候についてまた侃侃諤々やりはじめた。この街はもうからからに干上がっている。彼女は腰にさした銃のどっしりした感触を感じながら考えた。いったい私はどこへ行こうとしているのだろう? 彼女は自分自身がいちばん行きたい場所を知っていた。それは森の中の細い道だった。そこをずっと歩いていけば、切り立った絶壁に行き着くことができるのだ。

その翌日から二人はただちに、死んだ女の身元を調べるための捜査を始めた。彼が毎朝、彼女を起こしに来た。ごろつきみたいにドアをたたいたりせず、紳士的にブザーを押した。ブザーの音を聞くと彼女は枕元に無造作に放り出されたＶ　Ｒ《バーチャル・リアリティ》ヘッドセットを枕の下に押し込み、前日に読んでいた事件のファイルを手に取る。彼女は、彼が運転する車の中で毎日、事件のファイルを改めて読み込んだ。「精液検出なし、向精神性薬物検出なし、アルコール検出なし、死亡四十八時間前に出産の痕跡あり」。出産の痕跡があるのか。では、赤ん坊はどこへ？上層部では、そんなことは気にも止めなかったはずだ。あの地区ではその手の女たち、男たち、その手の死体がよく見られたから。彼らが死ぬ前にヤク漬けになっていようとアル中になっていようと、ひどい場合は赤ん坊を産んでいようと誰も気にしない。データベースにも登録されていない類の人々で、何年か前までそんな連中は不法移民だけだった。だが五、六年前から、裏町の住人たちが死んだ人間の身分を買うケースが頻繁に起きている。売春婦やギャング、または麻薬中毒者たち。彼らは生きていても生きておらず、死んでいても死んでいなかった。何かを探すときに必要なものは二つある。忍耐力と、何も信じないこと。それはいつも同じだ。

「こんなにきれいに痕跡を消すって可能なんですかね？」

十五日めにあたる日、彼らは東部地区の飲み屋に入ってビールを一杯ずつ飲んだ。こんなふうに二人で飲むのは、彼女が捜査局に入って以来初めてのことだ。

「二つに一つだろうね。その女がこっちの人間ではないか、誰もが黙るほど怖い人間が背後にいるか」

彼女は無表情にビールをびんからあおりつつ、そう言った。彼らは東側地区のほとんどすべての飲み屋と、この街のほとんどの病院を回り、最後のとりでである無免許医師を訪ねて回った。「妊娠中だった女性です」。彼はこの言葉を百回は反復した。暑い空気の中で全く同じフレーズをくり返し、全く同様に口を動かすたび、気が変になりそうになった。彼女はぽっかり空いた空き地を通り過ぎるたびにサングラスをかけ直している。彼は彼女の忍耐力が少し鈍り、一方で不信感がずっと強くなったことを知った。どこか変わったよな。彼はあることを思い浮かべたが、そこまででやめた。

その店でビールを飲んでいるのは彼らだけだった。ほとんどの人は黙ってもっと強い酒を飲んでいる。彼はそっと彼らを見た。テレビではミュージックビデオがいくつか続けて流れ、誰かが他のチャンネルに変えると、黒いレースの手袋をしたあの女が現れた。見るまでもなく、女は人工降雨について話しているらしい。こんなに暑い日にも手袋をはずさないんだなと彼女は思う。彼女は、手袋の女の声を覚えていた。「あんたがうちの子を殺したのよ」。二年前、手袋の女は彼女にそう言った。

「あの人、国会議員なんですね。しばらく前に局長に会いに来てましたよ」

彼女は上の空でうなずいた。息子を失った政治家であり、同時に、国家機関の過ちを厳正に受け入れた母親でもあるその女は去年、再選に成功した。彼がピーナツをぼりぼりと嚙む。彼女は彼をちらりと見た。剃っていないひげと落ちくぼんだ目。こんなふうに二人で行動していることがずいぶん不満らしいなと彼女が思っていると、彼が言った。

「しばらく前に行方不明者の担当部署に行ってみたんです。一ヶ月の間にこの街の各地で十五人も失踪したって聞いたんですよ。それで、もしかしたら私たちが探している女の捜索願も出てないかと思ったんですが、ありませんでした。局長にSの話をしてみましょうか?」

「やめといた方がいいと思う」

彼はがっかりしたように見えた。

「いったい、あの女が産んだ赤ちゃんはどこにいるんでしょうね? 子どもの父親は誰なんだろう?」

子どもの父親。彼女はそこまで考えることができなかった。ひょっとしたら、子どもの父親が誰であるかがこの事件の核心なのかもしれない。あらゆる者を黙らせている人間なのだろう。だが、なぜそんなことをしなくてはならないのか? スキピオンはなぜ子どもの母親の痕跡を消し去らなくてはならない? それが何の関係があるのだろう?

「もうこれ以上できることはないと思うよ」

家に帰る車の中で彼女は言った。彼女はまだサングラスをしたままで窓の外を見ていた。黒いレンズに遮られた街灯が彼女の視野に入ってきて、また遠ざかる。

「何日か頭を冷やして、また考えてみましょう」

「頭を冷やすだなんて」

「私が氷を届けさせますよ」

彼女がふっと笑った。彼は、彼女が何かを見落としていることは間違いないと思った。彼女はいつだって自分の十歩先を歩いていたのだから……。だが、すべてが以前とは違っていた。彼女は知っていた――自分の脳が、錯覚したりだまされることに慣れてしまったことを。彼女は座席にまっすぐ座ろうと努めながら言った。

「私たち、もう包囲されてる。袋小路だよ」

「塀を乗り越える方法はあるはずですよ。一緒に探しましょう」

そう言った後、彼は到着するまで怒ったように口をきゅっと閉じていた。彼女は、彼がなぜこんなにも必死にならなくてはいけないのかわからなかった。しばらく後、彼女は車から降りた。彼は彼女を見やった。そんな彼の目つきが嫌だったのだ。

「先輩は、僕が何もわかってないと思ってるんでしょう?」

熱い空気が夜の街に漂っていた。彼女は彼にあいさつもせずにゆっくりと建物の中に入っていった。そして彼の視野から抜け出すと、階段を二段ずつ駆け上がり、部屋のドアの前でサングラスをはずし、息を整えた。


室内には誰かがいた。ベネチアンブラインドがかかった窓の前に男が立ち、彼女を見ている。白髪の男はスーツ用の靴をはき、シャツにネクタイ、そしてイタリア製生地のジャケットをきちんと着用して汗をかいていた。だが、服を一枚でも脱いだらプライドにかかわるとでもいうように、じっと立っているばかりだった。

「久しぶりだな、警部補」

局長は二年経っても変わっていなかった。時間を凍結させて、その上を一足でまたいできたようだ。畜生と思いつつ、VRヘッドセットが目につかないことを確認すると、彼女はマットレスの上に座り込んだ。彼女は自分が反抗期の子どもみたいに見えるのが嫌だった。局長が近寄ってきて、彼女を見おろした。

「おまえ最近、何をかぎ回ってる?」

彼女は正直に答えた。

「死んだ女の身元を調べています」

「なんでそんなことをするのか、気になるねえ」

彼女はマットレスから立って、局長と目を合わせた。

「家族のもとに返してあげるためですよ」

「嘘つけ」

そう言いながら局長はようやく、人指し指で自分の額の汗を拭う。

「捜査局では一週間前にもう、本件の捜査は終了してるんだぞ」

えっ、と彼女は息を大きく吸い込み、そして吐き出した。それなら死体はすでに、解剖学の授業のために医大に引き渡されているんだろうな。変な気分がした。彼女はずっと、あの死体と自分とは何の関係もないと思ってきたのに、その瞬間、自分の体が切り刻まれるような気持ちを味わったのだ。大きな傷を負ったような気がし、同時に強烈な自己嫌悪を感じた。

「これ以上はだめだぞ。警告しに来たんだ」

「光栄ですね」

彼女は皮肉っぽく言った。

「私の言うことをちゃんと聞け。私がおまえに給料を払いつづけている理由を考えてみろ」

「東側地区の死体のことを掘り返させないためですか？」

局長は冷たい目で彼女を見た。

「今ごろになって、善良なおまわりさんごっこでもやりたいのか？　笑わせるな」

その言葉を残して局長はドアに向かって歩いていったが、何を思ったかまた彼女に近づいてきた。彼女の腰に手を伸ばすとシグをつかみ出し、照準の部分で彼女の頰を軽く二回、トン、トンとたたく。彼女はそれをつかんで局長をにらみつけたが、彼は銃を自分のポケットに入れると彼女の家を後にした。局長が出ていくや否や、彼女はシンクに顔をつっこんで吐いた。手で口元を拭いた。何かを拭い去ろうとして必死だった。二年前の失敗を思い出す。ああ、こんなことを考えるのは危険なのに！　視神経が不意の一撃を受けたように目の前が歪み、息苦しくなる。大丈夫、と彼女は自分をなだめた。大丈夫。何が大丈夫なのかもわからないけれど、ずっと自分にそうささやきつづけ、両手で顔をおおった。そしてついに屈服してしまった。


一睡もせず夜を明かした彼女はマットレスの上に座り込んでいたが、手に持っていたVRヘッドセットをマットレスの上に投げ出すと立ち上がった。彼女は引き出しからコルトを取り出して腰に装塡した。六連発のリボルバーで、骨董品のつもりで持っていたものだ。シグ・ザウエルを局長が持っていってしまったので仕方ない。彼女は建物の裏に駐車しておいた自分の車に乗り込んだ。旧式のシボレーだ。ハンドルを握るのは二年ぶりだ。自分が何をしようとしているのか、なぜそうしたいのかわからない。それでも彼女は北側地区へと車を駆った。幹線道路を走り、分岐点を過ぎて坂の上に上っていくと、典型的な富裕層の匂いがぷんぷん漂う町が現れる。彼女は威圧的な巨大な茶色の門の向かいに車を停めてじっと待った。まだやっと朝の七時だというのに、強烈な日差しがこの街のあらゆる空間に照りつけている。朝からセミが鳴きたてている。その生々しい声は彼女をうんざりさせる。彼女は顔をしかめ、サングラスをとった。七時半ごろ、黒いレースの手袋をはめた国会議員が門の外へ出てきた。女が乗った車が動きだすと、彼女も運転を開始した。

国会議員の日課はシンプルだった。ホテルで軽く朝食をとった後、執務室に向かう。午後はたいてい、人に会うことに時間を費やしていた。この何日間かで会った人々はおおむね環境団体の人間か、気象コンサルタント会社の役員たち、ロビイストたちである。わかりきったことだ。彼女がなぜあんなに二十四時間人工降雨についてテレビで熱弁を振るっていたのかがわかる。とてつもない額の裏金がやりとりされているのだろう。だが、それがあの死んだ女と何の関係があるのか？　彼女は写真を撮りながらも、自分がなぜこんなことをしているのか理解できないと思った。何かが起きているのだろうか？

そして黒いレースの手袋をした国会議員は、払っただけのものを手に入れた。

三日後から土砂降りの雨がこの街に降りはじめた。人工降雨がこのように広域で実施されるのは初めてだとテレビが騒ぎ立てている。彼女はブラインドを巻き上げたまま、ひび割れた歩道の上にできた水たまりに小止みなく雨だれが落ちるのをぼんやりと見ていた。物乞いが軒下に敷物を敷いて座っているのが見えた。今日も無駄骨を折ってるなあ、と彼女がつぶやいたとき、ブザーの音がした。「二回め」。ドアの外には誰もいない。彼女は足元から四つ折りにした紙を拾い上げ、広げてみた。彼女は紙をもみくちゃにして、また窓の外を眺めた。何もかもが水の中へ押しやられていくようだった。だが、いつもそうであるように、すべてが水中へ流れ去ってしまうわけではない。

翌日、彼女は、東側地区で新たに発見された死体を見ながら彼にこう言った。

「死人は傷ついた心より重い。フィリップ・マーロウがそう言ったのよ」

「誰です？　フィリップ・何？」

雨が傘を打つ音のせいで、ほかの言葉はよく聞こえなかった。彼が電話で場所を知らせてきて、彼女は到着して初めてそこが事件現場であることを知った。昔の同僚たちは無遠慮に、軽蔑をこめて彼女を見つめた。だが、近づいてきて罵倒する者はいなかった。雨だれが、死んだ女のまぶたの盛り上がったところをずっと打ちつづけていた。ビニールのガウンを着て両手を胸の前で合わせたまま寝ている女。額に銃痕が残っており、首には締められた痕があった。

「何かが起きてる」

彼女は下唇を嚙んだ。

「何かって何です？」

彼は傘を片方の肩で支えたまま、口にくわえたタバコに火をつけようとして苦戦しながら聞き返した。彼は三年前にタバコをやめていたはずだ。彼女は、彼がどこかへ沈没しつつあると思った。くそ、と、濡れねずみのていで彼がつぶやく。彼女が言った。

「Sは発見されないわよ。こんどの死体に、Sはない」

その日の午後、検死官は新たな女の死体から検出されたすべての薬物について説明したが、未確認薬物などは発見されなかったと述べた。死因は銃創であり、死後に首を締められたのだろうと。「警告用の死体」という単語が彼女の脳裏に浮かんで消えた。二人はあの食堂で向かい合って座っていた。コーヒーを頼んだが、飲みはしなかった。誰かが銃をつきつけて飲めと言っても飲まないだろうと彼は思った――湿気たワッフルは言うまでもなく。

「私は手を引くよ」

彼女が携帯電話を彼に返しながら言った。彼は冷静に言葉を返した。

「死者のことを考えてみてください」

彼女は彼の方へ上半身を寄せて言った。

「あんたこそ、死者を侮辱しない方がいいわ。死んだ女にも、スキピオンにも、最初から関心はなかったんだろ。だから、捜査が終了してることを私にも言わなかったんだ」

彼の黒く濃い眉毛がゆっくりとしかめられた。彼は目を伏せた。

「今日の女も同じことだわ。一件落着だ。そして解剖学教室に直行」

彼が両手で髪をかきむしる。

「僕は少なくとも、自分が何を望んでいるか知っていますよ。自分が何を強く求めているか、わかってるんです」

彼女は鼻先で笑った。

「あんたは何もわかっていないのよ」

「二年前に死んだ、あの女の子……」

彼はその一文をしめくくらず、次の言葉を無理やり飲み込んで席を立つと、後も振り向かずに外へ出てしまった。携帯電話はそこに残された。彼女はソファーに深く体を埋めた。VRの森に行かずに二十四時間が経過したことに彼女は気づいた。この一年半、そんなことがあっただろうか？ この三ヶ月間、森に行かずには十時間ももたなかった。彼女は両手で顔をおおった。二年前に死んだ女の子？ 彼女は死んだ女の子を先に思い浮かべたことはない。彼女がまず思い出すのはいつも男の子の方だった。二年過ぎても、自分に向かって笑いかけたあの表情が忘れられない。まるではにかむように見えた、あの微笑。唇を開くと、きれいに揃った歯並びが、下の糸切り歯が見えた。無害な微笑だった。あの子が笑いながら彼女に近づいてくる。彼女の片手をつかむ。そして尋ねる。「なぜ僕を信じたの？ なぜ？ 誰も信じたことがないあなたが、なぜ僕を信じたの？ なぜあんなミスを犯したんです？」何か言いたいと思っても、彼女の口は開かなかった。「本当に考えるべきことは何か知っていますか？ あなたが本当に大切にすべきものが何なのかを？」男の子はそう言った。落ちたいのよ、と彼女は言いたかった。落ちていきたい。死にたいのとは違うんだよ。わかる？ 彼女の目から涙がぼろぼろ落ちた。そのとき誰かが彼女を揺すって起こした。食堂のオーナーだった。彼女は自分の頬を触ってみたが、涙はなかった。オーナーは彼女に折りたたんだ紙を渡した。四つ折りにした紙。

「さっき出ていった人が、渡してくださいと」

そこにはこう書いてあった。

「質問……二回めの芝居は上演されるか？」

彼女はすっくと立ち上がると外へ飛び出した。道は静まり返っている。暗闇に食らいつくされたかのようだった。道路の真ん中に立って、彼女は両手で頬を撫でながら考えた。ときには傷ついた心の方が、死人よりも重たいと。

まばたき一つせずに、彼女はヒノキの木の森を通過している。やや暗い森の道のあちこちに、まぶしい光が落ちてくる。彼女はしばし立ち止まって顔を上げる。木の葉の間から見える青空と雲の動き。完璧な色合いの空と雲だった。今や彼女はそれを見ても苦笑せずにいられるようになった。彼女はまた歩きだす。とうとう森が終わって、果てしない芝生が現れる。芝生の上を歩いていくと、道の果てに切り立った絶壁が見える。絶壁の後は果てしもない虚空が広がっているだけだ。彼女は下を見おろした。めまいがする。吐きそうになる。彼女は墜落するときの感覚をよく知っている。何百回もくり返してきたことだから。空中に両足を踏み出すと、極限の恐ろしさが彼女の全身を包むだろう。筋肉が引きちぎれるような感じと、重力に逆らうような感じ。脳の誤作動だ。彼女はそのことを知っていた。ほんの一瞬にすぎないが、彼女はいつも目をぎゅっと閉じてしまう。あまりに怖くて。いつも、閉じるまいと思うけれど、ついには閉じてしまうのだ。彼女は今回もその前に立って呼吸を整え、自分自身にささやきかけた。絶対に目を閉じるな。目の前に何が浮かび上がるのか見るんだよと。一歩を前に踏み出し、もう一方の足も空中に踏み出す。変だ。誰かの、力強い手を感じる。誰かが彼女の腕をつかんでいる。何するのよ、と彼女はつぶやく。頭からVRヘッドセットがはずされたのだ。彼女はショックから立ち直れないまま、流し台に走っていって胃液まで絞り出した。めまいと吐き気は消えない。

彼は彼女を眺めているだけだった。

「ドア、いらないね」

彼の視線を避けたまま、彼女が言った。つまらないことを言ってしまった。ジョークは私の役割じゃないのに。

「これが先輩の望んだことですか？」

彼女は何も答えなかった。

「こんなことがしたかったんですか、先輩？」

「そうだよ、畜生。これがしたかったんだよ。どうだったらよかったの？　どう生きてほしかったの？」

彼女が彼に近づき、人差し指で彼の胸をぐいぐいと押しながら言った。できるだけ感情を表すまいと努めながら。

彼が彼女に近寄って言った。

「どうしてこの街を出ていかなかったんです？　本当に捜査局に戻りたくないなら、あの事件をあんなふうに放置しておくことが望みなら、誰も会いに来られないところに行けばよかったでしょう。だけど先輩はずっとここに、この街にとどまっていましたよね。先輩、あなたが欲しかったのは何なんです？　死にたいんですか？　ＶＲの森の中なんかで？」

違う、と彼女は思った。私はただ落ちたかっただけ。死にたいんじゃない。私はまた生きているという気持ちを味わいたかった。私は自分を裏切りたくなかったのよ。

「あんたは今日、私を事件現場に呼び出した。捜査局の犬どもが私を嫌ってるのは知ってるでしょうに。笑わせるわね。でもいちばんむかついたのが何かわかる？　あんただよ。あんたがいちばんむかつく。まるで何もなかったみたいにふるまうあんたが、いちばん嫌なんだよ」

彼は下を向いた。彼女が彼のあごをぎゅっとつかんだ。彼が自分の目から目をそらさないように。そして彼の顔にぐっと顔を寄せると言った。彼の茶色い瞳が揺れた。

「あんたはただの、かわいい坊やにすぎないんだよ」


四日後、一回めの人工降雨が終わった。彼が帰っていった後、彼女は食堂のオーナーに頼んで中古車をもう一台買い、雨が降っている四日間、ほぼ車の中で暮らした。人工降雨が終わると直射光線がまた彼女を苦しめた。彼女は両手でハンドルを握ったまま、手の上にあごを乗せて巨大な茶色の門の方を眺めていた。手袋をした国会議員は、正午近くなっても家から出てこない。腰が痛み、頭痛もだんだんひどくなった。鎮痛剤が効かなくなってもう久しい。音がぼやけてしまう。ときには、今聞こえているのが本物の音なのか、そうでないのかもよくわからなかった。中枢神経に問題が生じていることは間違いない。鉄のように重そうに見える車庫の扉が開いた。初めて見る車だ。レンジローバー・イヴォーク。国会議員が自分で運転するところを初めて見た。国会議員は必ず黒いレースの手袋をしている。彼女はその車の後をつけた。

坂を下りてよく整備された道路と華麗なビルと商店のある商業地区を過ぎると、高級高層マンションが立ち並ぶ住宅地区が現れ、だんだん建物の高さが低くなり、また高くなった。イヴォークは外郭道路を走り、長いトンネルを過ぎた。あの女は東側地区に向かっているのだ。いったいなぜ？　車が停まったのは東側地区に入ってかなり経ってからだ。彼女が車を停めたところには、アウディとロールスロイスが並んでいた。用心深く車から降りた国会議員が建物の中に入っていく。彼女は車の窓を開け、外へ顔を出して建物を一度見回してから、窓をきっちり閉めた。巨大なオレンジ色の建物だった。建ってから百年は経っていそうに見える。ロマネスク様式を真似たもののようだが、低レベルの模倣にすぎない。窓がとんでもなく多かった。とにかく、黒いレースの手袋をした国会議員は巨大なものが好きなんだろうと彼女は思った。

彼女は忍耐力の底までかき集めてそこに座り、建物の入り口を監視しはじめた。この四日間、彼からは一度も連絡がない。最後に見た彼の瞳がしきりと思い出される——畜生——あの茶色の瞳。揺れていたあの瞳。彼のあごをつかんで自分の顔の方へ向けさせたのは彼を侮辱するためだったが、結果として侮辱に苦しんでいるのは彼女自身だった。そんなことは思い出す必要もない。再び以前の生活に戻ればいいだけだ。彼ももう自分の場所へと戻っただろう。二つめの死体もまた医学の発展のために、崇高な「二度めの死」を迎えただろう。すべては終わったのに、なぜ私はまだここでこんなことをしているのだろう？　彼は言った――「僕は少なくとも自分が何を望んでいるか知っている」。突然、変な気持ちになる。いや、気持ちではなく、実際に自分に何かが起きていた。彼女は自分の足を見おろした。ねばねばした紫色の液体が、彼女の足首の上に少しずつ上がってきていた。彼女は車から出ようともがいた。シートベルトが外せない。彼女はありったけの力を振り絞ってダッシュボードの上に置いてあった携帯電話をとった。登録してあるたった一つの電話番号を押した。信号音が鳴り、誰かの声が聞こえた。横を見ると、助手席に男の子が座っていた。その子が彼女に尋ねた。

「手を握っててやろうか？」

はっ、という声を上げて彼女は目を覚ますと発作のような咳をした。車内に落ちている携帯電話を拾ってポケットに突っ込んだ。全身が汗に濡れている。こんなに汗をかいたのはいつ以来か思い出せない。イヴォークはもう消えてしまった後だ。ああ、何てことだろう、眠ってしまうなんて。こんなことは初めてだ。私はもう本当におしまいなのかもしれないと思う。だが、まだ車二台が残っていた。三十分ほどして、建物からスーツ姿の男性二人と、やはりスーツ姿の女一人が歩いて出てくると、男二人はロールスロイスに、女一人はアウディに乗りこんだ。彼女はロールスロイスに乗った男の一人の顔に気づいた。Kだ。この街に住む者なら知らない者のない、Kだ。Kはシルクハットをかぶり、腰のラインがきれいに出るスリーボタンのジャケット、くるぶし丈のパンツとドライビングシューズをはいていた。この街にはおしゃれな人間がうじゃうじゃいるんだな。彼女はいつか、あの食堂で盗み聞きしたやせっぽちの女たちの会話を思い出した。

「あの子がとうとう就職したの、どこだか知ってる？　リドンだよ」。そして彼が言った言葉。

「この街で一ヶ月に十五人が失踪したそうですよ」。彼らの車がすっかり見えなくなった後も、彼女はそこに残っていた。何かが起きている。K、Kの製薬会社、手袋をした国会議員、消えた人々、人工降雨、東側地区で発見された女の死体二つ――出産と未確認薬物というスキピオンの痕跡だけが残っている女と、そしてあらゆる薬物にまみれていたが、出産もスキピオンの痕跡もない女――生まれた子はどこにいるのか？　最初の死体はなぜあんなにきれいだったのか？　これらのすべてにはどんな関連性があるのか？　これは憶測にすぎないのだろうか？二年前、女の子からはスキピオンが発見されたが、男の子からは検出されなかった。とるにたりない理由で、ただ誰かに嫌な思いをさせるためだけに、傷つけるために、怯えさせるために人を殺すことができる、そういう部類の人間たちがいたのだ。いや、それはとるにたりない理由ではなかっただろう。それがまさに殺人の核心だったのだろう。彼女は車から降りた。さっき見た夢のせいか、動きがぎこちない。すべての感覚があまりにも生々しかった。生々しすぎて気持ちが悪いほどに。靴の底に触れる土の感触、東側地区をかけめぐる死の匂いとカラスの鳴き声、木の葉が風にそよぐ音……彼女は少し立ち止まった。そして腰にさした拳銃を確認すると、建物の中へ入っていった。

建物内のほとんどすべての窓にはカーテンがかかっていた。カーテンを透過したかすかな光が、建物の内部を満たしていた。彼女はサングラスをはずした。首の後ろに貼りついた髪の毛を一つに束ねた。天井が高く、すばらしく広々としたロビーの内部には、受付カウンターがあった。床は汚く、割れたガラスなどが足に触れたが、デスクの上は埃一つない。レセプションデスクの後ろの両側には勇壮な螺旋階段が転写したように左右対称に配置され、その上にまるでバルコニーのように円形に飛び出した空間があった。階段とつながった白い手すりには、蓮の花の模様が彫られている。彼女は右側の階段を通って二階に上った。階段には絨毯が敷いてあり、彼女の足音は聞こえない。二階のバルコニーの手すりを背にして立つと、両側にドアの閉まった部屋がずらっと並んでいた。両側に十部屋ずつ、合わせて二十部屋。その端に、三階に上がる階段があった。床には真っ赤な絨毯が敷いてあり、壁は白いシルク成分配合の壁紙が貼ってある。すべてが非常に垢抜けていた。

彼女は壁にぴったりくっついて立ち、リボルバーの引き金に人差し指をかけたまま、左側の最初の部屋のドアを開けた。部屋はがらんとしていた。何もなかった。その上、窓もなく、埃もたまっていなかった。右側の部屋には窓があったが、すべてカーテンが閉まっている。左側の部屋の壁紙は全部黄色で、右側のはすべて紺色だ。二階の部屋のほぼすべてを調べたとき、車が入ってくる音がした。右側の部屋の窓から見える方角ではない。彼女は三階に上っていった。音を立てないように注意しながら。すべての窓に白いカーテンがかかっていることを除けば、三階は二階と全く違っていた。三階の方がはるかに暗く、放置されている。巨大な空間のところどころにはコンクリートの柱が立っている。床には割れた大理石がころがっており、タバコの吸い殻や注射器などが捨てられている。電気のリール線があちこちに無造作に散らばっている。彼女はコンクリートの柱の後ろにもたれていた。あ、弾丸を入れてこなかった。弾丸は何個残っていたっけ？　そんなことに今ごろ気づくなんて、あわててしまう。彼女のすぐ右側の窓の間から風が吹き込んできた。ところどころ開いている窓にかかったカーテンがはためき、その間から光が入ってくる。目の前がくらくらする。スズメのさえずりが彼女を刺激した。彼女は目を閉じて耳をふさいだ。

そのとき誰かが彼女の腕をつかんだ。ぎょっとして後ろを振り向くと、彼だ。もうわけがわからない。彼女は自分が電話したのは夢の中ではなかったことを、やっとそのとき悟る。

「大丈夫ですか？」

彼が尋ねた。彼が知っている彼女は絶対、こんなふうにすきを見せる人ではなかった。どこへ行こうと、彼が彼女を見つける前に彼女の方が先に彼を見つけたものだ。彼が彼女を守ったことはなく、いつだって彼女が彼を保護してきたのだ。人々がどやどやとかけこんでくる音が聞こえた。彼は彼女から十メートルくらい離れたところにあるコンクリートの柱の後ろに素早く移動した。二回めの芝居の舞台とはまさにここのことだったのか。そして、その舞台のカーテンを開けたのが私というわけかと彼女は思う。弾丸がどのくらい残っているか確認しなくてはならないのに、なぜか手が言うことを聞いてくれない。頭がひどく痛かった。上ってくる人間の数を数えようとして彼が顔を突き出し、また引っ込める。その瞬間、弾丸が何発も飛んできて彼の頬をかすめ、血が飛び散った。そんなことは何でもないというように彼が血をさっと拭く。その後、彼女の方を見ながら右手をぱっと広げ、左手を高く掲げてみせた。彼女が彼に銃があるかと手振りで尋ね、彼がうなずく。彼らはしばらくそんなふうにして沈黙の中にとどまっていた。誰もうっかり動こうとはしない。あいつらが望んでいるのは何だろう、私の死だろうか？　いったいなぜ？　彼女は自分が一度も死にたいと思ったことがないことを知っていた。すずめがさえずりはじめた。彼女は自分の足元に落ちていた注射器を拾うと、対角線の方角へ音をたてて投げつけた。柱の後ろに隠れていた何人かが、銃をかまえた手を伸ばす。その中の一人の腕に彼女は弾を命中させた。その人間が悲鳴をあげて銃を落とすのが見えた。そしてまた沈黙。さっきよりはるかに強い風が吹いてきてカーテンがはためきだす。彼女がサングラスをかけた。

「私を援護しながら外へ逃げて。わかった？」

彼の答えを待たず、彼女はすべてを運に任せたかのようにカーテンの間から前進し、残りの七人のうちいちばんの大男を後ろから抱きすくめると首に銃を突きつけた。残りの六人が彼女を取り囲んで狙いを定める。彼らは、彼の存在に気づいていない。彼女は自分の体から汗が流れ落ちていることに気づいた。髪も湿っている。踏んばらなければならない。銃が滑るのではと気になって仕方がない。サングラスも外れてずいぶん経っている。彼女がまず一番右の男を撃つと誰かの撃った銃弾がそれて、彼女がつかまえている大男の心臓に命中した。男の心臓から血がほとばしり、彼女のシャツと手、そして頬を濡らしていく。盾代わりに大男の死体を抱えているのがとても辛い。銃弾はあといくつ残っていただろう？　彼女はあえいだ。あまりの怖さに心臓が割れんばかりに早く搏っている。彼がどこかへ駆け出すのが見えた。無事にここから抜け出せますように！　電話なんかしなければよかった。ああ、お願いと彼女は心の中でつぶやく。早く出ていって、早く！　すべてがのろのろとしか進行しない――まるで映画のスローモションのワンシーンみたいに。彼が、彼女に銃口を向けた男に狙いを定めているのが見えた。血が飛び散り、誰かが倒れる。銃声が続くのが聞こえ、誰かがまた倒れ、他の男が彼の足に弾を命中させた。衝撃に倒れながら、彼が銃を落とす。男が彼に再び狙いを定め、彼女も引き金を引いたが撃鉄がカタンと音を立てただけだった。彼女が銃を捨てて男に駆け寄り、男を引き倒すと、弾丸はそれてガラス窓に穴が開いた。男が小銃の台尻の金属板で彼女を打ちすえ、彼女が男の銃をつかむ。二人がもみあっている間に彼は銃がある方へ這っていった。彼女に組み敷かれた男が彼を目がけて撃ち、それが彼に死のくさびを打ち込むとどめの一発だった。彼女は無我夢中で男から銃を奪い取り、ついに相手の腹に撃ち込むと、死んだその男を振りほどいて彼に駆け寄った。風が吹いてきてカーテンがもう一度いっせいにはためく。死にたくなるほど白いカーテンだった。何ということなのだろう、私は一度も死にたいと思ったことなんかなかったのに。そのとき彼女の目の前に、二年前に死んだあの女の子の顔が浮かんだ。「どうして私を信じてくれないの？」女の子はそう言っていた。ああ、どうして――彼女は彼の胸を両手で圧迫した。右腕が折れていたが、彼女はそれにさえ気づいていなかった。彼の胸からは血がどくどく流れ出て、彼女は自分の体についた男の血と彼の血が区別できなくなることが嫌でたまらなかった。彼がしきりに何か言いつのり、彼女は彼に、話すな、黙っていろと伝え、彼は最後の力を振り絞って彼女の腕をつかんだ。あの日、彼女がバーチャル自殺プログラムの中にいたときにつかまえてくれたような、雄弁だが荒々しくはない手で。


　何日か後、制服を着て玄関の外へ出た彼女は、隣の部屋の女と出くわした。

「あんた、警官だったの？」

隣の女は傷だらけの彼女の顔と、ギプスをした腕を見ながら言った。

「もうちょっと体のこと考えなさいよ。ね」

　隣の女は彼女が階段を降りていく間、横で支えてくれた。本当はそんな必要はなかったが、彼女は女がしてくれるようにさせておいた。

　彼の葬式は国立墓地で行われた。同僚の誰も彼女に席をあけてくれなかった。そのうち何人かは地面に唾を吐きかけんばかりだったが、死んだ彼を侮辱することになると思って無理にがまんしていた。彼女は遠くから彼の写真を見るだけで満足しなくてはならなかった。警察庁長官が追悼演説をし、遺族に敬意を表するのが見えた。彼女は、葬式には初めて参席するのだった。二年前にあの男の子と女の子が死んだときも、もっといえば、その前に自分の父親が死んだときも、葬式には行かなかった。誰のためでもない、純粋に自分自身のために。

　あのとき食堂で彼は、自分は自分が望んでいるものが何か知っていると言った。少なくともあのとき彼女が望んでいたのは、彼女の復帰だった。彼女がいかなる中毒にも陥らず、捜査局に戻ってくること。彼女は、彼がなぜそれを望むのかわからなかった。それは、二年前にあの男の子が彼女に言ったことと全く同じだった——僕は警部補さんが何をしたいのかはわかるけど、なんでそんなことをしたいのかはわかりませんね。彼女は彼の棺がおろされるとき、ギプスをした右手で敬礼を贈った。自分の動作はロボットみたいだと思ってちょっと笑いがこぼれた。そしてほんの少し、涙が出た。

翌日彼女が捜査一局に入っていくと、何人かの同僚が彼女を見た。彼女は目をそらさず、一度も止まらずにまっすぐ歩いていった。捜査局長は相変わらずおしゃれだった。局長は彼女に座れとも言わなかった。

「復帰したいです」

局長は、呆れたように言った。

「私はおまえを解雇するつもりなんだが」

彼女が二歩ほど局長に歩み寄った。局長は意地悪な表情で言った。

「おまえは私の警告を無視して、有能な警官を死に至らしめた。そのうえ、」

そこまで言った後、局長は重大な秘密を口にするように声を低くした。依然として意地悪そうな表情を浮かべつつ。

「バーチャル自殺中毒者だしな」

彼女は全く驚かなかった。

「その通りです。でも、復帰したいです」

彼女は局長に、持ってきた書類の封筒を渡した。そこには彼女が黒いレースの手袋をした国会議員を追って撮った写真が入っていた。Kと一緒にいる政界や官界の人物たちを撮影したものだった。

「二年前の事件を蒸し返すこともできるんですよ」

「いや、おまえにはできないよ」

「できます」

局長は立ち上がると、局長室を何度も歩き回った。そしてまた席につくと、乱れたジャケットの襟を直して言った。

「おまえは今、自分を大した利口者だと思っているんだろうな」

「捜査一局に復帰させていただきたい、それだけです」

「一杯食わされたな。それも、見事にな。同僚たちがおまえを受け入れると思うのか？」

「関係ありません」

「透明人間よりもひどい扱いを受けることになるんだぞ」

「関係ありません」

彼女は同じことを百回でもくり返す自信があった。太陽がゆらめくこの街で、彼が進んでそうしたのと同じように。

「おまえのせいで何人死んだか絶対に忘れるな。私はおまえを見ているからな。おまえがまたどんな失敗をやらかすか見ていてやる。おまえがどんなふうに落ちていくかを見届けてやる」

彼女は微笑を浮かべた。その微笑の中では自己嫌悪と悲しみ、無気力と覚悟がまざりあっていた。落ちる？　これ以上落ちることなんて可能だろうか？　あるのかもしれない。こんな笑いを浮かべるのもこれが最後だろう。彼女は左手でぎゅっと拳を握った。

「最後に一つお尋ねしたいのです」

局長は首を振って、出ていけという手振りをした。

「赤ん坊は。赤ん坊はどうなったのですか？」

局長は耐えられないというように葉巻をくわえて火をつけた。

「赤ん坊は父親のところへ行ったさ。わかったか？」

彼女は局長に敬礼をした。今度は左手で。彼女は振り向き、局長室のドアの前まで歩いていった。自分は帰ってきた。あまりにも多くの代価を支払って。彼女は思った――これから自分が何をすべきかは自然にわかってくるだろうと。当分は禁断症状に苦しむだろうが、そんなものは本当の苦しみに比べたら何でもないということ。そんな、考えても仕方のないことを考えることが自分を助けてくれるだろうと思った。彼女は森に行きたくなるたびに、彼の最後の瞬間を思い出すだろう。血がどくどくと吹き出していたあの瞬間、彼が自分の腕をつかんで口ごもっていたあの言葉を思い出すだろう。出ていってください。この街から。先輩、ここは……この街は……それは一種の遺言だった。だが彼女にはその遺言を守ることはできない。代わりに彼女は夜ごと、死者たちのことを思い出した。彼と、二年前のあの女の子と男の子、解剖室でバラバラにされた身元不明の女たち、そしてひょっとしたらそんなふうにしてどこかに捨てられている、まだ発見されていない死体たち……彼らのうち何人かは局長の言う通り、私のせいで死んだのだ。明らかにそうだった。私が二年前に犯したミスのために。いや、彼女はようやく、あれはミスではなかったとわかったような気がした。今この瞬間、二年前に戻れるとしても、自分は同じ行動をとるだろう。それが私だ。それを忘れてしまったら本当におしまいだろう。おかしなことにその瞬間、彼女の頭の中に、いつも自分の家の前の通りで無駄骨を折っている物乞いの姿が浮かんだ。彼女は帰宅するとき小銭を用意しなくてはと思った。絶対に忘れないこと、とつぶやいた。

一人になった局長は、自分のデスクの一番下の引き出しを鍵で開け、彼女が置いていった写真を放り込んだ。そしてまた鍵を閉めた。局長は窓の外を眺め、葉巻を一度吸い込み、煙を吐き出した。あまりにも強烈な日差しだ。何時間か後には第二次人工降雨が始まるはずだった。局長は雲一つない空を見ながら頭を横に振り、つぶやいた。

「いやはや、異邦人のお出ましだな」

作家ノート

この企画の依頼があったとき、私は漠然と、女性を主人公にしたノワール風の小説を書こうと決めた。私はこの小説の「女性」主人公はセックスアピールがあってはいけないし、恋に落ちてもいけないし、他の誰か——特に男性——の助けを借りてもいけないと思っていた。でも、そんな制限を設けるのは本当はおかしい。なぜならこういった小説の男性主人公たちはセックスアピールをし、思いきり恋に落ち、何度となく女性の助けを借りてきたのだから。

何よりも、そんな制限を設けたためになかなか書き出すことができなかった。主人公「彼女」の顔を思い浮かべるのにもひどく苦労した。私が「彼女」の顔を思い浮かべることができた最初の瞬間は、まさに「彼」が「彼女」の腕をつかむ場面だった。その場面を思い浮かべたとき、私は一時間ほど夏の夜道を歩いているところだった。——ああ、この小説を書いている間、あの暗い、暑い、じめじめした空気の中をどれだけ歩き回ったことか！——私は、「彼女」が「彼」からとても言葉にできないほど助けられたのだと思った。すると驚いたことに、頭の中に「彼女」の顔がごく自然に浮かび上がってきたのだ。ひょっとすると私が書きたかったのはそのように、助けを受けている人間についての物語だったのかもしれない。

私は前にもノワール風の小説を書いたことがある。その小説の主人公はみな、自分の境遇に屈服した。けれども彼女は屈服しない。私は、彼女は自分を許すということに対して禁欲的で、だからこそ別の選択を下せたのだと思っている。それは本当に良い選択なのだろうか？　それはなかなか答えを出しにくい質問だ。

ハルピュイアと祭りの夜

ク・ビョンモ

〈おもな登場人物〉

ピョ（表）…金目当てで女装コンテストに出場するため地方の島にやってきた男性。

ハン（韓）…表を代理として島に送った本人。交際していた女性に訴えられ、執行猶予になった経緯がある。

シン（申）…女装コンテストの出場者である中年男性。女性教師に対して何らかの犯罪行為を行い、執行猶予になった経緯がある。

ハンターたち…女装コンテストの出場者を狙う。

中年女性…ハンターたちの行動に反対の意思を持ち、行動する。

静けさだけが漂う路地に駆け込んだとき、ハンターどもの射程距離からようやく逃れ、血と風塵のただ中から抜け出せたという安堵感を覚える一方、具体的な形を持ったこの路地の光景もまた、おびただしいトリックの中の一つかもしれないという緊張感が意識の中枢に押し寄せてきた。走るのに必死で忘れていたが、その間にもかかとからはねばねばする血が流れ出て、一歩遅れて痛みの信号を送ってきた。ピョはそっと片手を壁についた。頑丈な壁だ。虚像ではない、実物が手に触れた。

小さなため息をつき、片足を上げたまま腰をかがめると、ぐらつくヒールの片方だけでかろうじて立っている脚の筋肉がちぎれるほどに引きつった。このまま靴を脱いだら、スプリットレザーの靴の内側に貼りついたかかとの皮膚がむけてひりひり痛み、本来はアイボリーカラーだったこの靴は血まみれの茶褐色に変色することだろう。いっそ、そうなってしまえばいいのに。そうなったらもう望むことはないだろうに。しかしピンヒールは決して足の裏から離れなかった。死ぬまで踊らなくてはならなかった王妃の、焼けた鉄の靴のように。死刑執行人の斧で足首が切断されるまで踊りつづけなくてはならなかった、アンデルセン童話のカレンの赤い靴のように。ピョがはいているこの靴も、二本の足の上を歩くモカシンなのかもしれなかった〔「作家ノート」参照〕。

脱げないのは靴だけではなかった。オープンショルダーの赤いタイトなワンピースは、ちょっと大股で歩いても裾が太ももの上までめくれ上がりそうなぎりぎりの丈で、ピョは逃走するとき後ろの者に下着が見えるかどうかなど気にしてはいなかったが――実際、みんながなるようになれと逃げ出したので、前を走っている者の下着や肌が目に入るはずもなかったのだが――今、一息ついて服を脱ごうとしているのに、いったい、着たときには背中のファスナーをどうやって上げたのかと思うほど、鍵でもかけてあるようで一向におろせないのだ。路地に散らばったゴミの山からパイナップルの缶詰のふたを見つけ、それを使って服を切り裂いてしまおうとしたが、かつてこの世に存在したことのない新素材でも使っているのか、生地に毛羽一つできるどころか手が切れるだけだった。いったい何で裁断して、どうやって縫ったのだろう。おそらく、きつい服に締めつけられている感覚が、服が肌にはりついてしまったような錯覚に変化したのだろうが、ネッソスの血がついた服を着てもがいたあげく自らの肌をはぎとったヘラクレスの最期の瞬間はこんな状態だったろうと思うほどだった*。もちろん、神話の描写のように肌が焼けそうな苦痛が伴うわけではなかったが、服が肌にはりついてしまい、破れもしないが脱ぐこともできないという点では似ている。

ウェーブヘアに刺したピンは一本も抜くことができず、首に巻いた革のチョーカーさえ、いくら留め金をひねっても無駄だった。つけている間は息が詰まるほど窮屈とまでは思わなかったが、いざ外そうとすると首とチョーカーの間に爪一枚入るすきまさえない。

この衣装もアクセサリーもすべて、頭のてっぺんから爪先まで主催者側から提供されたものだった。何十人ものボランティアたちが参加者全員に服を着せ、一糸乱れぬ規律正しさで化粧をしてくれた。参加者はみな、服に手を触れたり自分で着ようとしたりせず、マネキンのように立っていろと注文された。服や靴やアクセサリーに、ネッソスの血より強い毒が塗られていたのだろうか。もしそうなら、それは誰のたくらみで、どのような意図だったのだろう。不特定多数を対象とした生化学テロの一種か、でなければ、ここでは何か身につけたり肌に塗ったりしたものが空気に触れた瞬間に強力な粘着性と密着性が生じるのだろうか。だとしたらひょっとして、この化粧も落とすことができないのだろうか。アイラインもリップティントもすべて超強力なウォータープルーフタイプですよ、開始まで食事をしようが、目やにをとろうが大丈夫、専用リムーバーを使わないかぎり石鹼で洗顔しても落ちませんからね、とボランティアの代表は言っていた。額と頰を流れ落ちる汗を手のひらでぎゅっとこすっても、透明な水滴が軽く四方に飛び散るだけだ。ウォータープルーフなどというレベルではなく、厚いファンデーションとパウダーの層で頑強に顔をおおわれた圧迫感は、鉄仮面でもかぶったようだった。

ともあれ、現状で生存に直結する問題は靴と服であり、髪と化粧は二の次だった。この靴と

＊ ヘラクレスがかつて自分が殺したネッソスの血がついた衣服を身につけたところ、血に含まれた毒素のため非常に苦しんで死んだというギリシャ神話による。

服は走るのに向いていない。服は、平均身長の女性が着れば膝上丈程度の優雅なパーティードレスなのだろうが、一時期バスケットボール選手だったピョが着ると、腿《もも》やふくらはぎの筋肉と見事なまでにアンバランスで、要するにひと目見ただけでも嘲笑や爆笑を誘うためのおまけにすぎなかった。実際ここには、ほとんどそうなるために来たのだといってもよかった。

ピョはため息をつきながらその場に座り込んだ。初めて訪れた島の、見知らぬ都市。一時的に体を隠す盾にできるのは、目の前で蜃気楼のように散ってしまうかもしれない迷路のようなこの路地ばかり。外の世界の狂乱と、不便でうっとうしいこの衣装。携帯もなければ財布もなく、どう見ても危機だった。この難関を突破するためにはまず事態を把握しなくてはならないが、目の前の絶対的に不可解な事態には、いかなる妙案も功を奏しそうになかった。

たまたま座り込んだところは、アパートやワンルームマンションが立ち並んだ路地の、誰かが吐き捨てたどろどろのつばが残る場所だった。つばだけではない、建物の表面には塩が浮いており、今までの長い時間の間に何百回となく、意識を失うほど飲んだ者が小便をもらしたり嘔吐したりしてきた跡が残っている。そういえば、この都市の中心部の広場は、本土の都市でもよく目にする商店街の建物と形も構成も似ており、いわばピョと全く同じような人々が住むところであるはずで、島だということを除けばそれまでの日常と一つも変わりがなかったが、それではさっき見たものたちはいったい何なのか、なぜあんなことが起きたのだろうか。

ピョは頭を上げて周囲の建物を見回した。看板がないため商店なのか集合住宅なのかわからないそれらの建物はすべて二重窓の外の窓まで閉まっており、中が見えなかった。ホテル街なのだろうか？　広場と通りであの騒ぎが起きたとき、いくら中心街からちょっと離れているとはいえ、この建物に住んでいる人たちにも、悲鳴や喧騒の一部ぐらいは聞こえなかったのだろうか。普通、祝砲が打たれたり歓声が上がったりしたら、何があるかと窓の外を見たりするだろうに。このあたりの人たちは、まるで空襲のまっただ中にいるか、上から何か指示でもあったかのように窓を固く閉ざしていた。ゴダイヴァ夫人が裸でラバに乗って通り過ぎる[*1]から百姓は見るな……いや、誰もそんな命令をしたことはなく、領主はむしろ夫人を白昼のさなかで恥ずべき事態に追い込み、見せしめにしようとしたのだ。百姓たちが彼女を見なかったのは、領主への抵抗という意味をこめた自らの選択だった……しかしそのような物語には当然、命令に従わない者や、センスの足りない拷問吏がつきものだ。領主の夫人を盗み見た代価として失明した覗き屋トム[*2]とか……。

　つまらない連想を中断して体を起こす。さまざまな傷や何かの痕跡に現れた生活感から見てモデルハウスやお化け屋敷ではないようだったから、大声で助けを呼んでみたかったが、ピョは混乱と恐怖の中でも最小限の理性と判断力だけは失っていなかった。ここを通り過ぎる人影は一つもなく、四方のドアは固く閉ざされている。それこそが、今起きている事態すべての証

＊1　イングランドの伝説で、乱暴な領主ゴダイヴァ夫人が領民に優しくするよう夫に頼んだところ、裸でラバに乗って村を一回りするよう強要されるという物語。

＊2　たった一人ゴダイヴァ夫人の裸体を見て、後に失明した仕立て屋。

拠であり現状だった。どんな状況であろうとも、また理由が何であろうとも、誰かが窓を開けて救いの手をさしのべてくれそうにはなく、声を上げればむしろ自分の居場所を知らせてハンターを呼び寄せることになる。ピョは、ここが何をする場所なのか理解できないながら、これ以上何が起きても驚かないような世界の手中に落ちたのだという事実を認めた。

前日到着した後は、旅の疲れを癒しがてら夕食をとり、一人旅気分を味わってから宿に向かい、それぞれに就寝したのだが、別におかしなことも起きなかった。ピョは今日一日に起きたことを思い返してみた。朝食の後、全員が集まって指示通りに行事の準備をしたり個人練習を行ったりし、夕焼けが広がるころパレードが始まった。番号札をつけてステージに上がった参加者は全部で五十人、全員が島外からやってきたよそ者だ。振り返れば、異様な兆候はそのときからと、参加者たちが会話をすることは禁じられていた。衣装合わせや化粧をする間もずっと始まっていたのだ。友だちどうしで参加した人たちもいたはずだし、そうでなくとも、前日の夕食や自由時間には皆で笑いさざめき、大半の者が最低限の初対面のあいさつ程度は交わしていたし、パレード準備の際には宿の中央のホールに肩が触れ合うほど大勢の参加者が集まっていたのに、話をするなというのはどういう方針なのか理解に苦しむ。しかも、そのルールを軽く見て他愛のない雑談をしたり笑ったりしていた参加者たちがイベントアシスタントに怒鳴られたものだから、その場は一瞬、冷えきってしまった。いったいどういうことなのだろう、こんなルールを作って参加者の神経を逆撫でするなんて。百歩譲って参加者間の競争心をあおるためだとしても、立派な大人に対してやるようなことではないだろう。

もちろん、優勝者への賞金が五千万ウォンと明記されていたのだから、ありきたりな地域のイベントというレベルではなかった。ピョの感覚では、この規模のイベントで賞金が一億ウォンを超えるとなると怪しすぎて参加申し込みをためらってしまうだろうが、その半分の五千万ウォンなら比較的現実味がありそうに思える。しかも島までの船便が無料で提供され、食事代、宿代をはじめ二泊三日の滞在費は受賞したかどうかにかかわらず参加者全員に先払いされていた。優勝できなくても、ただで旅行を楽しむためにトライするだけのことはあった。神経質という程度ではすまない主催者側の態度に不満を感じた者たちはいたが、それはメイクの奥の表情にぼんやりと現れたのみで、話し合うこともできなかったので、どうせ明日で終わりなんだからできるだけ腹を立てずにすませましょうよというほどの申し合わせをすることもできなかった。

こうして、最初のうちはちょっと砂を嚙むような表情で、イベントの皮切りとしてパレードは始まった。道すがら立ち止まって見ている人も含めれば、見物客はぱっと見たところ千人ぐらいはいそうだった。見物客もサクラでないならば、この島には少なくとも千人以上の人が住んでいることになる。ピョは少なくともそのときまではそう信じていたし、それはほかの参加者も同じで、実際、あくまで賞金狙いのコンテストに見物客がどれくらい集まるか気にしている者などいなかったはずだが、目に見えて少なければ多少きまりが悪いし多ければ興がわくわけで、この程度なら十分だった。見物客は歓呼と拍手を送り、リボンや紙で作った花を投げてよこし、騒々しいがメロディは悪くないアップテンポの音楽が広場に響きわたっていた。彼らと合流するうちに参加者たちのこわばっていた口元もゆるみ、みんな見物客に向かって手を振りながら広場を横切った。

高いステージを目の前にして、参加者への注意事項が周知徹底され、彼らは五人十列に並んだ。音楽が変わるたびに一人ずつステージに上がっていき、特技を披露する段取りになっていた。一人の持ち時間は一分三十秒しかなかったので、実際問題として「技」といえるほどのものを披露する余裕はない。BGMも自分では選べないので、歌や楽器演奏もできない。ほとんどの参加者が、ダンスやウォーキング以外に独自のコンセプトのあるものを準備しておらず、ちょっと変わったものとしては、ミニスカート姿で簡単な武術を披露するという有段者や、短いマジックショーをやるために卵とハンカチを持参した参加者がいる程度だった。こうした芸は人目を引き、人気投票ではそこそこ票を集めるかもしれないが、審査員は特技より外見の美しさと優雅さおよびプロポーションを重視するので、事前に審査員を買収するとか、サクラでも頼まない限り、不正は起こりえないはずだった。

全国ネットの放送局が取材に来るわけでもないこんな小さなイベントで芸能界に進出できるはずはないし、優勝賞金狙いであることが明らかな、単純なコンテストだったのだ。内地の都市で開かれた予選の書類審査には三百人以上が応募したそうで、そのうち本選に進んだ五十人がここまでやってきた。二十代から四十代までの、他に生業を持つ一般人参加者が狙える賞金の規模としては、ほぼ最大額といっていい。意思疎通に少々問題があったり、主催者側が参加者を高圧的に管理しようとしたりして雑音の入る余地はあったが、一般人参加のコンテストとしては巨額の賞金がかかっているためだろうし、それにこうした地域のイベントは、大会主催者が直接運営せず、一括受注で任された企画会社が実務を請け負っていることがほとんどで、そのような外注の労働者たちは通常、行事が何事もなく終わることだけに全神経を傾けているものだから、参加者の精神状態へのきめ細かい配慮など期待できない。トーナメント方式でアイドル歌手を選抜するテレビ番組では、寝食を共にし、一緒に訓練する未成年の参加者たちを関係者が怒鳴りつけたり叱ったりするのが日常茶飯事だと聞いているが、それと似ているようでもあるし、この賞金額を考えれば、小さな不満ぐらいはがまんすべきだという方向に、ピョの心理も傾いていった。

緊張と弛緩、不快さと愉快さが無茶苦茶に行き来する雰囲気の中、ともあれパレードは始まり、ちょうど一番の参加者がステージに上って微笑を浮かべ、手を振っているときだった。拍手の音が高まり、その中に何かが軍艦鳥のようなスピードで飛び出したと思うと、鈍い音をたてて一番の参加者の胸にぶすっと当たった。ステージの下の観客たちも待機中の参加者もその瞬間は何が起きたかわからず、広場にはしばし沈黙が流れた。そして一番の参加者が自分の胸をゆっくり見下ろし、それが矢だと気づいたときも、人々は息を飲んで自分の口を手でおおうだけだった。

一番が白目をむき、その体が横に傾いていったときも、人々はまだ事態を把握できずにいたが、一番の足が少し上に持ち上がり、ドーンという音とともに体が倒れて初めて、四方からてんでに悲鳴が上がった。こんな大事故なのに進行係はどこにいるのか、危機管理はどうなっているのか、進行中のことだからどっきりカメラでもあるまいしと誰もがとまどい、どう反応したらいいのかわからずきょろきょろするばかりで、疑問を持つ暇もない。最初の矢が一種の信号の役割を務めたのか、観衆はたちまちモーセの杖によって紅海が割れたように二手に散り、人々の間から一群の矢がステージに向かって降り注いだ。倒れた一番の様子を見に駆け寄ってきた二番、三番、四番の参加者は自分の正義感やヒューマニティを発揮する暇もなく、それぞれ首の後ろに矢を受けて倒れ、その体はステージの上に折り重なった。飛距離が十分でなかった矢の一部が大混乱の中を逃げまどう人々の背に刺さり、腕を引き裂く。散り散りになった者たちはほかの者の足につまずいて倒れ、転び、広場は一瞬にしてざるの中身をぶちまけたような修羅場となった。

大都市の真ん中ならいざ知らず、こんな島でテロだなんて、いったい何を要求しているのか。しかも、テロといえば思い浮かぶＴＮＴの爆破や銃の乱射ではなく矢の雨だとは、無関係な人を巻き込むには納得のいかないことが多すぎ、そのためこの状況が演出なのか、事件・事故なのかがすぐには把握できなかったという点も無視できないが、目の前の現実を瞬時に理性的に分析して苦情を申し立てる者はいなかった。参加者たちもすでに扇子やボールなどの小道具を投げ捨てて駆け出していた。参加番号が四十番台だったピョはステージから比較的遠いところに立っていたおかげで、他の人とあまりもみあわずに逃げ出すことができた。ステージの近くにいた参加者たちは先に逃げ出そうとしたが、その際に六、七人がひとかたまりになって転び、構造的にありえない角度と向きに足首が折れた者もいたのである。

足首が折れた者を見た他の逃亡者たちは靴を脱ごうとしたが、足首にしっかり巻きついたメリージェーンシューズ〔かかとの低いストラップシューズ〕のストラップははずれず、かかとをおおう部分が全然ないサンダルも、どんなに引っ張っても足の裏が靴底から離れなかった。靴を脱ぐことすら思いつかずに走ってきた者たちは敷石のすきまにヒールがはさまってしまい、足を引き抜こうとしたが、敷石はまるで地獄から蔓を伸ばして這い上がってきた生物のようにヒールの先に食らいついて離してくれず、靴は靴でモウセンゴケのように足にはりついて離さないという悪循環で、なぜこんなことが起きているのか、どうして靴が脱げないのか想像する暇もなく爪先だけで走ってきた参加者たちは首や頭に矢を受けて、片方の足首をつかんだ姿勢のままで倒れていった。倒れて頭が割れた者たちの血で広場は赤く染まった。

　このたくさんの矢はどこから飛んでくるのか、どこから調達したのか、こんなことをする連中の正体は誰で、何人ぐらいいるのか。逃亡者たちはそんなことに気を回せる状態ではなく、その目的を想像することもできなかった。そんな中でピョは、一時期スポーツをやっていたころの習性がまだ体のどこかにかすかに残っていたのか、誰よりも早くその場から抜け出すことができ、また攻撃者集団と思われる三、四十人を目にすることができた。てんでに矢を弓につがえたり、背中にしょった矢筒から新しい矢を取り出したりする姿は、いにしえの壁画の中の狩人さながらである。そしてハンターの中の一人が、群の中でも目立つ赤いワンピースを着たピョを見つけ、こちらを目がけて弓を構えた。ピョが頭をパッと横にそらした瞬間、頬のすぐ横をかすめて飛んだ矢じりのぞっとするような冷たさと鉄の匂いが感じられた。ピョはそのまま振り向いて全力疾走したが急には止まれず、すぐ前を走っていた一群の人々とぶつかるのを避けられなかった。

このときピョは、誰かともつれて転倒するのではなく、自分が彼らをすっと通り抜けて走っていることに気づき、思わずその場に立ち尽くしてしまったのだが、その驚きと訝《いぶか》しさはとうてい言葉にできなかった。止まる寸前の加速度のためにピョは一人だけ倒れて地面に転がった。頭を上げて、遠ざかっていく人々の……いや、幻たちのかかとをぼんやりと眺めた。液体でも気体でもない、しかし可視光線の影響で目には見えるあの姿は何だったのか。まさかあのハンターのように見えた人々もそうなのか……しかし振り向いたり気を取り直したりする暇もなく、地面についたピョの手のすぐそばの敷石に、ぶすっという音を立てて矢が刺さった。少しでも方向がそれていたら小指が切断されたに違いない位置で、長い軸と羽がぶるぶる震えていた。このときは、どれが人でどれが幽霊か区別できる段階ではなかったし、次の矢がいつ飛んでくるかわからないうえに、ハンターの群れと彼らが放つ矢だけは実体を持った直接的な脅威である。たとえこれらのすべてが誰かのたくらみであり、大規模で悪質ないたずらにすぎなかったとしても、虚像と実像を区別して真実を究明するために自分が矢を浴びなければならない理由は一つもない。ピョはもうためらわず体を起こし、いかなる理屈も無視し、考えることを後回しにして、幸いにも狭い敷石の間にはさまりも折れもしなかったヒールでそのまま走り続けた。

好むと好まざるとによらず一日じゅうハイヒールをはきっぱなしだったので、これで歩くことにはそれなりに習熟したが、全力疾走してみると、かかとにだらだら流れる血もさることながらアキレス腱と膝が改めて悲鳴を上げていた。ピョはぐずぐずしているわけにいかなかった。路地の端から誰かがこちらを盗み見ているような気がして壁の後ろに身を潜めたのだが、その視線は非常に低いところに定められているようで、それは相手が子どもであることを意味する。この機会を逃すわけにいかないピョはそちらへ身を投げ出し、子どもをつかまえた。しっかりつかまえたと思った瞬間子どもは消え、ピョの腕の中に有機物のぬくもりは残っていなかった。

島全体が幽霊に支配されているのだろうか。そうでなければ、今までこの目で見た群衆も子どもも相当程度に精巧な実物そっくりのホログラムの一種ではないかという可能性に考えが及んだ。ぶつかるや否や彼らの形象が散り散りになったのは、どこかに島全体を展望し、監視している者たちがいて、彼らが怒りとともにえものを見張り、罠にかけようとしていることを意味する。もはや耐えられなくなったピョは足を踏み鳴らして叫んだ。この状況では、その絶叫は空しい威嚇でも、さっさと姿を現して一戦かまえろという要求でもなく、どこでこれを見ているのか、望みは何なのかという疑問でしかない。こうまでして叫んだら、さっき見かけたハンターやその一党の誰かが割り込んできそうなものだったが、路地に吐き出した鬱憤の声は空しく響き空回りし、蒸発した。叫びが消えた跡にはさらに完璧になった不安と恐怖がまるで自らの耳をすまして聞き入るかのように漂い、ピョの頭上に影を落とした。

このとき誰かの両手が後ろからピョの口をふさいで首を締めた。ピョはとっさに頭を強く後ろにそらした。誰かが後頭部に鼻をぶつけたようで、肩を伝ってうめき声が聞こえてきたが、その手の力はすぐにゆるみ、相手はあっけなく倒れた。振り返ってみると、乱れたブルーブラックのストレートヘアに青いアイシャドー、ヌードトーンの混じったれんが色の口紅、胸があいた薄紫のミニドレス……ピョの目にもそれなりのレベルに見えた。自分以外の四十九人全員の姿態を思い出せるわけではなかったが、このコーディネートから見て、明らかに参加者の一人だろう。しかし、参加者が後ろから襲いかかって首を締めるなどというチンピラまがいのことをするなんて。ピョは判断を下すが早いか、薄紫のドレスの胸ぐらをつかんで揺さぶった。何するんだよこいつ！　相手は意外にも鼻血を拭きもせず脱力したように笑った。「人間だったんだな、ほんものの」。すきのない化粧の上に鼻血と涙が乗って、何ともいえないアンバランスを生み出している。相手が座り込むと地面には小便の匂いが広がった。

薄紫のドレスを着たシンもまた、目には見えるが近づいても捕まえることができない、ばらばらに砕け散る人間たちを目撃し、この路地までほとんどパニック状態で逃げてきたのだと語った。ピョと全く同じように、いくらもがいても服も靴も脱げないので必死になり、自分は気が狂ったのではないかと思い、ここが現実の場所なのかそうでないのかも疑わしいほどだったが、人間が目と鼻の先で消えるのだから、これぐらいのことが異常なものかという気がしてきて、いつしかこの混乱を自然な現象、またはこの島独特の法則と受け入れて走ってきたという。それは頭で分析したのではなく、一瞬にして全身をとらえ、揺さぶり、皮膚感覚となった、今まで経験したことのないサバイバーの直感だった。

そして彼らは、互いに助け合えるのか、逆に妨害されるのではないかと確信も持てないまま、ただこの混沌の重さと密度に押しつぶされて死なないためだけに一緒に行動しているのだった。歩きながらお互いの見たことと推測したことを語り合い、それによってピョは、生き残りのためには別に役に立たない一つの結論を得ることができた。ここは、いかなる暴力も死も顔負けの異常なことが、息をするようにたやすく起こる島であり、行路の果てに目的があるわけでもなく、誰にも助けを乞うことはできず、ここの人々は市民であれ警官であれ（そんな存在がもしいるなら）、心を一つにして自分たちを皆殺しにするだろうし、異常なことはこの島に来る前から始まっていたということをだ。

じゃ、あんたは、メールを受け取って参加申し込みしたんじゃないのか？

シンが尋ねた。誰にでもそんな偉そうな口を聞くのかと言いたかったが、ピョはそのときになって、鉄仮面のように落ちないフルメイクの下のシンの顔に、完全には消せなかった何本かのしわを見てとった。

メール……メールを受け取ったことはない。

いや、一通受けとったことは受け取った。ピョではなく、ハンが。

ハンが誰かからの電話を受けてベランダに出ていってまもなく、モニターに新着メールを知らせるアイコンが出て点滅していた。それが気に障ったピョは、どうせスパムだろうと思って左クリックした。それが業務連絡ではないことがわかった後も、特に何とも思わずぼんやり画面を見ていたのだが、それは女装コンテストの案内メールで、ホームページへのリンクは貼っておらず、メールだけで参加申し込みを受けつけていたのだった。イベント日程が比較的くわしいのに比べ、主催者は「〇〇委員会」と記されているだけで、何をする団体なのかまるでわからない。しかも、女装だなんて。そんなのは中高生の学園祭とか教会の合宿なんかで面白半分にやることだ。ピョは口に含んでいた酒をモニターに向かって吹き出しそうになった。

いくら無作為に送りつけられたスパムだとしても、テーマが女装である以上、男性限定のメーリングリストに送られた団体メールなのだろう。今年で四回めの行事だというが、ピョは今まで一度もこんなメールを受け取ったことはないし、こんなコンテストがあることさえ初めて知ったので、もしかしたらハンが人に言えない趣向を持っていて、何らかのクラブとか、あまり爽やかではない少数者限定サイトに加入したためにこんなメーリングリストに入れられたのだろうと判断した。会社関係のアドレスなのに、しかもハンは親の威光でかろうじて執行猶予に持ちこんだばかりなのに、何やってんだよ、しっかりしろよ、大きな法律事務所に頼んで名誉毀損で相手を訴えている最中にこんなことやってる暇があるのか、こんな、娯楽ともいえないようなことを……ピョは、この先もこいつと友だちでいつづけるべきなのか、大勢の知人の中の一人としてだけつきあっていくべきか真剣に悩んだが、どう考えても知らんぷりをして彼との関係を断ち切るという選択肢はなかった。そんなことならそもそもハンの家に来て酒を飲むこともないはずである。

ピョは、誰かと仲たがいしていたり、もっと言えば憎まれてさえいるような人間とも気兼ねなくつきあい、便宜をはかってやれる自分を、たたいても埃の出ない人間はいないという事実で合理化することに慣れていた。一時の無分別さ、人間の不完全さ、一時的な情緒不安定はどこででも持ち出せる伝家の宝刀であり、さらに深刻なケースに持ち出す精神疾患というカードもまた、誰かの過ちに同情したり受容したりするときの口実だった。一年あまり一緒に住んでいた彼女と別れる前、最低限の常識を備えた人間としてなぜあんな人間とつきあえるのか、あなたも同じような人間になりたいのか、もしかしてハンに何か弱点でも握られているか借金でもしているんじゃないか、そうでないなら後で何かのおこぼれにあずかるつもりなのかと問いただされたことがあったが、そのときピョは、何気ない様子で次のように答えたのだった。

たとえ親兄弟が殺人や強姦で刑務所に行って町じゅうの人が石を投げたとしても、家族なら追い出したりしないのが普通だろ。面倒くさかったり、体面が悪かったとしても、それなりに仲良くつきあってきた時間や世話になったときのことを思い出せば、これまでの関係をなかったことみたいに切り捨てるわけにはいかないよ。今はただ、この厄介者が自分から離れていくという最後の恩返しをしてくれることを、戦々恐々として願ってるわけだけど。君が言うように家族との場合とは違うけど、それは君と俺が考えている関係の範囲に違いがあるだけの話だろ。可能なら俺は、誰に対してもあんまり簡単に背を向けたくはないんだよ。だからって彼が接近してくるのがうれしいわけじゃなくて、ときどき時間を割いてやらなきゃいけない、手間のかかる業務ぐらいに思ってるんだ。できればあいつが個人的には俺に会いに来てくれない方がいいし、どうでもいい酒の相手が欲しいとか、客観的に見て業務に当たらないことを頼んだり指示できる人間が欲しいときには俺以外を当たってくれた方がいいけど、俺にとっちゃ、心理的な気まずさ以上の直接被害はないんだから、十回頼まれたら一回ぐらいは会って、話を聞く程度のことはしてやらないとな。被害者のことは、俺としては考える必要はないと思う。例えば被害者が君とか君のお姉さんだったりしたら話が違ってくるけど、俺は被害者を全然知らないし、俺にとってはその女は第三者にもあたらないんだから。それでも譲って、被害者の負った傷を重視すべきだってことか？　二人の間に実際に何があったのかはそれこそ二人しか知らないのに、何を根拠に俺がそんなことしなくちゃいけないんだ？　他人の怒りや非難を基準にするのか？　ハンとすっかり手を切って仇《かたき》扱いなんかしたらむしろ、これまでは縁のなかった弊害が生じて、俺が標的になる可能性もあるよ。毎回受け入れてたらそれこそ便利屋だけど、下手に距離を置いて、買わなくてもいい恨みをわざわざ買うのも嫌だからな。どういうポジションをとれば、そばにいるわけでもないけど離れたわけでもないように見せられるか、緊張の度合を調節するって面から見れば、世の中のあらゆる人間関係は一種の業務だし。

　ちょっと耳にしたところでは論理的・実利的に聞こえるものの、本質的には詭弁にすぎないピョの態度に嫌気がさしたのが、彼女が去った決定的な理由とはいえないが、いずれにせよピョはこの社会で生きていくことにした以上、現実に人との関係を一刀両断することはできないと考える種類の人間であり、たとえ部署は違っても、いつ、どこで顔を合わせて一緒に働くことになるかわからないハンとの関係をこじらせて会社員生活に面倒を持ち込むのは嫌だったのだ。ハンの被害者だと主張する女はどうせ会社は辞めたのだし、告訴したり取り下げたりして社内のムードを好き勝手にかき乱して様子を見ているらしく、主任になってまもない入社五年めの社員としては、退職者に同情する理由はなかった。

ピョが守りたかったものは、それなりに堅固だったかつての組織のありようだった。一人を無視すれば会社がちゃんと回るのに、あえて危険をおかさなくたって……。ピョの彼女も同じ会社の総務部に勤めており、まるで追い出されるような形で解雇されたのでピョとは自然に別れることになったのだが、彼女が最後に言った、忠告を装った暴言はこうだった。「知らないのはあんただけ。ううん、知らないふりをしてるのかもね。そんなふうに言い逃れしようとして気を回してる時点で、あんたはもういいカモだよね。あんたが相手をするからあっちもずっと頼ってくるのに、それを受け入れてたら、あんただってハンと何も違わないわよ、五十歩百歩よ。誰にも悪いことしない、潔白だってふりしてるけど、そんなの怠惰の別名だし、結局あんたは共犯者なのよ……言いすぎだったら悪いわね、でも共犯以外にどう言えばいいの……疲れる、ですって？　あの人は人生をめちゃくちゃにされたのに、こんな話をしただけで疲れるなんて言っていられる場合なの……」。

問題の参加案内文の最後の段落を見たピョの頭の中では、彼女の声が残していったこだまの余韻が広がっていた。扮装の衣装および小物一切と宿食、交通費はすべて主催者側が提供、個人負担の経費はなし、優勝賞金五千万ウォン。

こんな服装倒錯者のコンテストに、優勝賞金が五千万ウォン？

五の後ろについたゼロの数を何度も数えなおしていると、電話を終えたハンが近寄ってきたので、ピョはあわてた様子を見せないようにしながら何気なくモニターを指さして尋ねた。これ何だよ、おまえこんなのに関心があるのか、出場するのか？　するとハンは平気な顔でメールを削除し、ちょっと面倒くさそうにメール画面を消してしまった。いや、何でもないんだよ。

それでいながら、ピョがふーん、そうなのかと言い、それ以上関わらないというように肩をすくめてみせて引き下がると、ハンはかえってまじめな口調でつけ加えた。「いや、うちの部署がさ、地域社会モデリング何とかって事業の担当に選ばれてさ、サンプリングの一環としてこれに参加しろっていうんだよ。うちのおばさん部長、知ってるだろ？　俺、こんなのに全然向いてないから出られないよ。おまえ行ってくれないかな？　女の服着るなんて、頭でもおかしくなきゃできないし」。それでピョは、会社用のアドレスにこんなメールが来た理由を理解したのだが、自分自身は頭がおかしくならなければ着られないものを代わりに着てくれと平気で頼むハンの厚顔無恥ぶりには笑ってしまった。そんな、気のない反応にハンはなぜか焦ったようで、ほとんどとりすがるようにして言った。「いや、つまりさ、おまえはそれでも学園祭とかで一、二回仮装したことがあるから俺よりは慣れてるって意味なんだよ。土日が入ってるから有給を取る必要もないだろ、おまえが俺の名前で出場して、代わりに報告書書いてくれないかな。謝礼はたっぷり払うよ。自由形式で日記みたいに書いてもいいし、写真をちょっと多めに撮ってくるだけでもいいし。だって日程がもう決まってるだろ、その日、俺、すごく大事な家の用事があって出られないんだ」

まるでおまえを家に呼んだ目的は最初からそれだったのさとでもいうように頼み込まれて、

ピョが気づいたことは二点あった。まず、ハンは、男性が女性の服を着るという行為自体を一種の趣味とか避けられない業務として受け入れるようなレベルではなく、嫌悪と恐怖をもたらす不自然な逸脱と見ていること、ひょっとすると彼の上司は、個人の事情で会社に少なからぬトラブルをもたらしたハンへの怒りを表すために、または制裁として、あえてやらなくてもいいことをやらせたのだろうということだ。そうであればなおのこと、他部署の人間である自分が割り込んではいけないと思ったのだが……。

ギャラは？　ピョが短く尋ねると、ハンは指を三本立てて見せた。人を見ればあごでこき使い、使用人扱いするハンらしい提案だった。こいつ、人を女装させて三十万ウォンだなんて。しかも自分の業務上の手柄にするくせに……いや、三百だよ。

五千万ウォンの賞金といえば、副賞として芸能界や放送界へのデビューが約束されているとか、芸能プロダクションに入る資格がもらえるとか、今後の活動につながる投資という意味でもかなりちゃんとしたスポンサーがついていなければありえない金額だ。どこを見ても、こんな地域社会の一回性のイベントで消費していいような金額ではなく、もしそんなことが可能なら、どこかから国の金が流入していないか、大々的な監査でも受けるべき事例ではないだろうか。例えば、ピョが一時契約社員として働いていた雑誌社では、毎年七千万ウォン相当の規模で文芸賞を開催しており、かつては自社の作家を育てるための初期投資のようなものとして捉え、掛け金の一部は本の出版で回収するというパターンだったが、本が売れないと毎回投資の半分も回収できず、主催して五年ももたずに中断した賞も多かった。それなのに、回収できるものが一つもないこのコンテストに五千万ウォンだなんて、魅力的ではあるが疑わしい。

ピョは半信半疑のままメールで参加申請を送り、万が一、十ウォンといえども参加費を下記の口座にご入金くださいとか、逆に滞在費および各種経費を入金する口座を書いてくださいとかいった返事が来たら、どこかの山奥で山菜を採ってるお年寄りにさえ通じない初歩的な詐欺なのだから、ハンの頼みだろうがその部署長の指示だろうが無視するつもりだったが、参加申請完了通知をはじめとする各種案内文が添付ファイルで送られてきただけだった。それは一次書類審査の後で、経費は当日、出発地で現金で一括支給するという追加通知と同時だった。

書類通過後、当日が近づくまで、ピョは自分が渡る石橋の厚さと強度を確認するために、検索語をあれこれと入力しては調べてみた。全年齢が閲覧可能な女装コンテストに関する情報のほとんどは、中高生の学園祭か学芸会の動画ぐらいだったが、その中でも、検索になかなか引っかからない匿名掲示板などに、二年前のコンテストの参加体験記や画像を見つけることができた。言わなければ男だと気づかないくらい化粧も着付けも巧みなのが目についたが、現場の写真は四、五枚しか見つからなかった。写真の説明としては、特技を披露する際にちょっと見るに耐えない演出をしているチームがあったが、みんな笑ってやりすごしたとか、とはいえそこにいる女性はスタッフと観客だけだったので参加者が眉をひそめることはなく、合宿中みんなと自然に親しくなり、互いに化粧をしてやったり遊んだりしたが、自分自身は奨励賞で、小さなメッキのメダルと三十万ウォンの賞金しかもらえなかったという体験記が載っていた。その下には、男が女の服を着ること自体に悪意を持っている匿名の人々が、明確な定義や分類もわかっていないのにトランスとかゲイとかいった言葉を使って罵ったり笑いものにしたり、奨励賞おめでとうという書き込みをしたりしている程度である。体験記を額面通りに受け取るなら、コンテストの規模が非常に小さく、全体的に進行がお粗末だという以外、イベント自体に怪しい点はないように見えた。もしも当日現場で雰囲気がよくないと思ったら帰ってくればすむことだし、会社に休暇届を出さずに週末を利用して行ってこられるという点もまた、余興としては悪くない。

しかし、昨日の午前中にピョをはじめとする参加者全員が集結地に集まり、本当に封筒に入った現金をもらい、すでに告知された通りの恩恵に浴したとき、彼らは互いの顔を見て、目が合うたびにちょっと困ったような微笑をかわしていた。誰もあえて言わなかったが、金をもらってサインした以上このまますっぽかして帰るわけにもいかないしという共感モードが生まれ、人々は自然に振る舞おうとし、若干の期待がにじんだ顔で、準備された旅客船に乗り込んだ。中には彼女を連れてきた人もいたが、多くの者は女装のことを他人に知らせたくないので一人で来ており、それでも同行した何人かの女性たちも、合宿には参加できないので、船に乗る前に別れのあいさつをかわした。

翌日の昼過ぎ、着つけをしているときに空気が冷えはじめ、ネットで見た体験談とはちょっと違うと感じるまでは、何の異変もなかった。

つまり本来ならここはハンがいるべき場所であり、ハンが首に矢を受けて倒れるべき巨大な墓地なのだ。ハンのメールを先に見たのも、ギャラの三百万にだまされたのも自分の選択だが、それによって命をかけることになるとは夢にも思っていなかったピョは、思いつけるありったけの罵倒を地面にむかって吐き出した。隣に座り込んで背中をたたいてくれるシンの手から困惑が伝わってくる。互いに全く接点のないシンとハンの共通点は何なのか、どうして彼らにメールが行ったのかを考えているうちに、突然脈絡なく、まさかに近い一つの仮説が浮かんできた。ピョはシンの手を払いのけ、ほとんどやつあたりに近いような口調で尋ねた。違っていたらすみませんが、おじさん、もしかして以前、何かの関係で、執行猶予を受けたり、懲役に服したことがありますか？　犠牲者の血と涙と汗に濡れても落ちなかった化粧をしてロングのストレートヘアにミニスカートをまとった人間に「おじさん」と呼びかけるのは、自分で言っておいても頭痛がするようなことだった。え？　そりゃ、いきなり何だね。シンはあわてて口ごもった。どこで何を聞いてきたか知らないが、前に期間制女教師*の一人とちょっとトラブルがあったことはあったけど、執行猶予だの懲役だのって、ちょっと言葉が過ぎるんじゃないのかね……とにかく、ちゃんと示談になったし、教育庁でも何の問題もないと認めてくれて一件落着、表沙汰にせずに済んだのに、それがあんたと何の関係があるんだね？

　示談、期間制女教師、教育庁といったキーワードから、ピョは突然いくつかの短いニュースを思い出し、頭をしきりに振った。この程度で関連づけるのは憶測が過ぎるかもしれないし、サンプルとしても十分ではない。にもかかわらず頭の中には、あれらのニュースの中で流れた言葉が浮かんだ——娘のように思って……ふだん家族に接するのと同じように……誤解があったようで……罠にはめられただけだが、そうだとしても不快だったなら心からの謝罪を……。それらはハンが自己弁護に使った優雅な言葉たちと文脈も内容も少しずつ違っていたけれど、本質的にはよく似た意図を持っていた。私たちは恋人どうしで……合意のもとに成立した関係であり……常識的な経緯で別れたもので、決して誰もだましたことはなく……別れた後もときどき関係が続いたのは、成人男女のその時々の判断と自己決定権に基づいた行為であり……

どこにも確信などなかったが、ピョは初めてあの悪意に満ちた招待状、賞金という包装紙に包まれたものの中身をおぼろげに手探りすることができた。それは、脱ぐことも破ることもできない服と靴の分子構造まで究明してはくれなかったが、こんなに大がかりでわずらわしい手続きをあえて踏んでまで、明細書通りに支払われなかった賠償金のおつりを命であがなわせようとする者たちがどこかに実在するという想像だけは可能だった。メールを受け取ったのはいいとして、なぜ参加申請をなさったんです？　参加しなくてもよかったのに。おじさんみたいな方がチャレンジするには無理のあるコンテストじゃないですか。いや、これも偏見かな。でもそうじゃないですか、若くもないあなたが、こんな窮屈な服を着なくちゃいけないようなところまで来る決心をするには何かあるんじゃないですか。シンはまだぐずぐず一人言を言いつづけていた。示談金に使っちゃったから……いろいろと金が必要で……それで？　脅迫でも受

＊ 契約職の教師。教員免許は持っているが教員採用試験に合格していない。

けたのかと思ってピョは舌打ちをした。示談の条件の一つに、いずれ某所からメールで指示があるのでその通り実行するように、といった項目があったのだろう。ハンはこのことをどこまで知っていて、一ヶ月分の給料に近い金額まで提示して俺の背中を押したのか。部署長の指示があったというのも初めから嘘で、実際にあったのは指示ではなく匿名の脅迫だったのではないか。ハンにとってはこれは単なる身体的・精神的な嫌悪感や恥さらしにすぎなかったのか、それともまさか、二度と帰ってこられないと知って俺を代打に出したのか——どちらと仮定してもはらわたがよじれそうな二つの可能性が、罵声と吐き気のはざまでのたうつ。ネット上の体験記など、作成日時も写真もいくらでも操作できるのに、ピョはそんなものを信じてたかが三百万ウォンで、それも口約束で自分の生死を売り渡してしまったのだ。

やっとひと筋の糸口を見つけたとはいえ、脱出の方法はなかった。自分は四九名の参加者とは無縁だし、彼らとは違って今まで誰にも悪いことなどしたことはなく、単に友人の代理として、面白半分で……いや、金をもらう約束をしたから仕方なく来ただけで、それまではひたすら中立的な世界で、できるだけ逸脱しないようにまじめに生きてきただけの平凡な生活者で、こんなふうにひとからげにされて狩のえものになるのはあんまりだが、それを嘆願するにも、どこにどう訴えたらいいのかがわからなかった。さっきのハンターたちを探して苦しい胸中を訴えればいいのだろうか。彼らは、こっちが目に入りさえすれば問答無用で矢を放つはずだ。にもかかわらず、時間の拘束を逃れ、空間的にも辺境に追放されて目前にあるこれらすべての要素によって、大規模な本物そっくりのホログラムを作ることは技術的に可能だし、こんな手の込んだペテンに我々をはめるための人員や資金もまた、巨額のクラウドファンディングを誘致・動員すれば可能かもしれないし、広場や街、住宅の様子から見て明らかにここに実在する民間人もどうにか丸め込んだと仮定して、服や小物は軍需品を調達して改造すれば、特殊成分を仕込んだものや装置つきのものを開発できてもおかしくはない。そう考えていけば、腹を据えて悪意を実現させようとしたら世の中に完全に不可能なことは一つもないことになるが——ピョは、この街も路地も、そして目の前にいるシンと自分の姿も悪い夢のワンシーンであり、また自分自身も誰かの想像の中のイメージであってくれればというひとすじの希望も放棄せざるをえなかった。

……海の方に行けば小型船かいかだでもあるでしょう、とピョはつぶやいた。

行事のアシスタントや舞台の設計者をはじめ、外から来た人々がたくさんいたので、最低限の交通の便は残してあるはずで、その規模の船なら貨物室にもぐり込むすきまぐらいあるはずだ。隠れることが無理なら、船員の中から女か、いちばん小柄で弱そうな奴を選んで人質にするとか……でなければむしろ逆に、制圧できる範囲でいちばん体格の良い、または重要な位置についていそうな者を選ぼう。船長ならいうことなしだ。常識も法のセーフティーネットもかけらも存在しそうにないこんな場所では、女や弱者は見捨てられるだろうから。

何があろうと私はここから出るつもりですから、一緒に行くならはっきりしてください。誰かの目についたらその瞬間全力で走らなくちゃいけないんだけど、できますか？　こんなハイヒールをはいてこの状況で、おじさんを助けてあげる余裕は正直ないんですよ。絶対にあきらめないポジティブなマインドの所有者であるか、または事態の把握すらできていないかのどちらかであるらしいシンはちょっとうろたえた様子だった。警察か官公庁に助けを求めるか、せめてそのへんの小さい個人商店でも探して、かくまってくれと頼んだらどうだろう？　と言う。

おそらく彼は、ずっとそのような世界で生きてきたのだろう。自らのわずかな力を行使するか、または最小限の力を持っている誰かのご機嫌をとればどうにかなる世界で。自分の常識が通用しない世界に放り出されたことのない人間がよく見せる、楽観的でナイーブな反応だった。

ピョは路地の隅に積んである廃材の中から、折れた角材と雑巾を見つけて拾い上げた。万一の場合に必要かもと思い、左手に角材を雑巾でくくりつけた。そんな人がいそうですか？　いるとして、助けてくれると思います？　どう見てもみんな、群れをなして私たちに矢を放って殺すために集まってきたみたいですけどね。そのへんのお店の人に助けてもらえそうだと思うなら、探してみたらいいでしょう。

シンは、どうせ万一の場合はそれぞれに行動するしかないことをよく知りながらも、やっと見つけた生存者と別れるのが不安だったのか、渋々うなずいた。いや……違うよ、君の言う通りにするよ。そう言うシンの口元には深いしわが刻まれていた。

ピョは自分がいかに潔白であるか、こんな状況に追い込まれたのがいかに予想外の被害であるかを弁明したかった。しかし消し去れない衝動によってアドレナリンが最高潮に達した状態であり、後を追って来るシンやその他の者はともかく、自分にだけは生きてこの島を出る資格があると信じて疑わなかったから、その道を抜ける前に、少し離れたところでかげろうのような動きを見せている人間、女の形をした――どうせホログラムに違いないそれに向けて、角材を振り回しながら突進した。そして次の瞬間、手のひらを貫通して振動とともに肩まで上ってきた鈍い打撃の衝撃を受けて、ピョは自分が角材を振り回しておきながらけげんな面持ちで地面を見下ろした。倒れた女性の頭から流れ出す血の生々しい異物感はピョの靴の爪先まで伝わり、彼はとまどい、思わず手を振って角材を振り落とそうとしたが、雑巾で自分の手にしっかり縛りつけた角材の角についた血と肉片が虚空に飛び散った。震える手で雑巾の結び目をほどくと、手から落ちた角材が地面を打つ音が路地に響いた。

太った中年の女性が持っていたエコバッグから飛び出した何個かの果物が、血の池の上をゆっくり転がっていた。こ、これは……こんなつもりじゃなかったのに。ほんとに、俺のせいじゃないのに。ここにほんものの人間がいるとは思わなかったし、悪いのは人の首に矢を打ち込んで混乱と恐怖を与えたハンターたちか、または奇妙な画像を投射して、それが実在するように思い込ませて翻弄し、その目撃者から自己保存本能以外の人間らしさを奪った連中なのに。だが、そんな弁明の言葉より先に口から出たのは、矢に当たって倒れた者を何度も目撃したときさえ出てこなかった、青っぽい反吐だった。酸っぱい匂いと血なまぐさい匂いが混じり、自分が実在する人間を襲ってしまったという状況はさらに具体的な内容と色彩をもってピョを圧倒した。どうなっているのか向こうからそっと見ていたシンは、こんなパニック状態の生存者は助けにならないと判断したのか、後ずさりして、ふと振り向くと逃げ出してしまった。

口に入ってくる涙と鼻水に、塩辛さではなく苦味がする。あれだけこすっても全く落ちなかった化粧が今になって少しずつはげてきたのか、鏡がないので確認できないが、ピョは手の甲で自分の顔をこすってみて、黒いアイラインとワインカラーのチークが少しずつ手につくのを確認した。もしやと思って服を引っ張ってみたがそれは脱げず、破れもしない。そんなにうまくいくはずはなかった。昔話のように、浅い水路で牛の皮をかぶったら脱げなくなってそのまま牛になり、鞭で打たれて畑を耕していた怠け者が、後に懺悔して涙を流すと牛の皮がセミの殻のように抜け落ちるなどということは起きなかった。靴のかかとを引っ張ってみたがそれもまたびくともせず、ピョは相変わらず二本の足の上を歩いているのだった。自分のものではない靴をはいてみるまでは、永遠に他人のものである服を着てみるまでは決してわからなかった感覚がピョの全身を巡った。だがそれはあくまでかゆみであって、痛みではなかった。

ピョは突然、死者のエコバッグから三角形に突き出している白い紙を見つけ、つまんで広げてみた。買いもののレシートと思ったそれは、誰かにあてたメッセージだった。——他の人はどうか知りませんが、私はこのような相互破壊的なゲームに同意しません。誰でも、生きている人がこれを見つけたら持っていって食べてください。そしてどうか全力で逃げてください——。平凡な中年女性が、顔も知らない誰かのために、とある路地に目につくように置こうとしたパステルトーンのエコバッグの中には、果物のほかにパンや水などさまざまな食べものがぎっしり入っていた。

そのときピョの後ろから、一群の影が近づいてきた。いつのまにか夜にさしかかっていた。ピョが振り向くと、遠くまで逃げることもできなかったシンが背中に四、五本の矢を受けて、うつ伏せに倒れており、月光を背に浴びてピョを取り巻いたのは、黒いパーカーのフードをかぶったハンターたちだった。暗い影法師のただ中ではためくパーカーの裾は、猛禽類《もうきん》が翼を広げたところのように見え、それぞれが小脇にかかえた弓は、熊手の形をした猛禽類の爪のように鋭い光を放っていた。彼らはお互いを見ながら論じ合った。

化粧がとれてる。

そうだね、とれてる。

じゃあ、こいつは執行対象ではないね。

でも見てごらん、前はどうだったか知らないけど、今はあの中年女を殺してるじゃないか。

そうだね、化粧も半分しかとれてないし。

半分じゃない。三分の一にもならない。とれかけて止まったんだ。これは明らかに、偶然か、間違いというしかない。

どこにでも意図しない失態や例外はあるもんだ。

じゃあ、こうしよう。かつらと残りの服と靴を全部脱がせてしまおう。

いいね。皮がはがれたら無罪。はがれなかったら有罪。半分だけはがれたら……

半分とれてるだなんて。落ちかけて止まったという意味だろうか。化粧が落ちるのが止まってしまったら、俺の体はどうなるのか。何より、彼らは何を基準にこんな即決審判を下しているのか、ピョは理解できなかったが、それを糾《ただ》すより先にハンターたちは——彼らの表現を借りるなら執行人たちは——十六、七人でいっせいにピョを勢いよく押し倒し、一本ずつ手足にとびかかった。もがいても身動きもできないように、ことによると永遠にしがみついてやるとでもいうように全身でピョにのしかかり、ピョが悲鳴を上げて頭を左右に振ると、彼らの中の誰かの膝が——厚い革の膝当てでしっかりおおわれた膝が彼の口を押さえつけ、地面に頭を固定した。口の中と後頭部が熱い。続いていくつかの手が彼のかつらを引っつかむと、ピョは頭皮をつたって流れる熱い液体を感じた。残りの手が襲いかかる瞬間に銀色の三日月が光り、ピョは自分に与えられた時間のすべてが汚いセメントの道路と月光の間で砕け散っていくのを感じた。

そしてまた、他の者たちの膝が、まな板の上の魚のようにはね上がるピョの腹を押さえつけ、口にくわえていたナイフを、まるで唾を吐くように自分の手に落とすと、それで服を切り裂いた。缶詰のふたで引っかいても傷さえつかなかったワンピースは、金属と血の匂いを同時に放ちながらやすやすと破れていった。手が行きかって服をつかむと、それまで皮膚の一部のように貼りついていた外皮のような服が落ちて……はがれていった。服のあちこちについた肉片から悪臭が漂った。ネッソスの罠に落ちたヘラクレス、アポロンの賭けに負けたマルシアス、エウリディケを永遠に失い、女人たちの恨みを買ったオルフェウス、やがて来る新しい春の種まきのために自分の体を捧げたディオニュソスまで、古来、さまざまな理由で皮をはがれたり体を引き裂かれた物語の登場人物には男性がきわめて多いが、このとき暗闇の中に墜落していくピョの意識に浮かんだのは、髪の毛と服を奪われて牡蠣《かき》の殻と陶器のかけらで肉をえぐられて殺された数学者ヒュパティア、実在した彼女だった。

作家ノート

「そのモカシンをはいて二つの月の上を歩くときまで彼を判断してはならない」というインディアンのことわざがある。これは文字通り、どんな場合も人を軽々しく判断してはならないという教訓として広く知られているが、神話や想像の中でないかぎり実際には現れるはずのない「二つの月」に焦点を合わせるならば、人間が自分とは異なるほかの存在を理解すること自体が本質的に不可能だという意味になる。

＊

紀元前二〇〇〇年ごろのクレタ島では女性的趣向の文化が強く、祝祭のときなどには男性が女性の服を着て参加し、これを貴族の女性たちがテラスで見物したといわれる。

ハルピュイアとはギリシャ神話に登場する女性の顔と鳥の体を持った怪物で、意味は「略奪する女」である。女性を怪物または妖精として登場させるのは、聖女―娼婦の二分法と同じくらい古い文化的・叙事的な慣習だ。

最初の女性数学者で哲学者であったヒュパティア（三七〇頃〜四一五）は、『アレキサンドリア』をはじめとする映画や多くの小説に取り上げられてきた。彼女が牡蠣の殻で肉をえぐりとられる拷問の末に死ぬ背景については、異教の思想を広めたという名目や、主教と総督の間で政治的なスケープゴートになったなどさまざまな説があるが、それよりも明らかなのは、女性であるために殺害されたということである。

火星の子

キム・ソンジュン

〈おもな登場人物〉

私…冷戦時代に宇宙船で打ち上げられたクローン。女性の性を持つ。

ライカ…ソ連のスプートニク二号に乗せられていた実験用の雌犬。爆発のために死んだ。

ダイモス…火星探査のために送り込まれたロボット。

フォボス…ダイモスと双子のロボット。渓谷に墜落した。

火星に打ち上げられた十二匹の実験動物のうち、ただ私だけが生き残った。

マイナス二百七十度の液化ヘリウムで冷凍されたまま私たちは未来に向けて発射された。仲間たちが夢の世界から死の世界へと航路を変更しつつあったときも、私は忠実にバイタルサインを送りつづけた。鼓動しない心臓を抱えて、凍った身体の中で冬眠しているのが私の任務だった。宇宙を横切っている間、火星は赤い虫、赤い服、赤い雲の形をとって私の夢に現れては踊りを踊った。私は氷でできた器だったけれども、夢だけは凍結しなかった。何世紀もが、ただただ長い昼寝のように過ぎていった。

私は横になったまま発見された。ただ私自身によって。血管をめぐる、ゆっくりした惑星の脈拍が感じられた。

どのくらい寝ていたのだろう？　宇宙船はいつここに到着したのか？　私は生きているとい

えるのか、死んでいるのか？　ここは火星なのか、死後の世界なのか？

問いが一度に押し寄せてくると、脳が命令を下す。目を閉じ、また開ける。ぱちっ。いいぞ、何も変わっていない。幻ではないようだ。もう一度まぶたを閉じては開けてみる。ぱちっ。まつ毛の間でもつれていた何百年もの時間が悲鳴を上げてこぼれ落ちる。宇宙船の黒い瞳孔と目が合う。あの丸いガラス窓の外で地球が小さくなっていったようすが目に浮かぶ。

記憶が時間を横切って、現在の私とドッキングしている。いっぱいに詰まった飼料と新鮮な果物、肉汁のしたたるおいしい肉。私たちは研究所の宝だ。仰々しい供物を捧げられた犠牲の羊のように、出発の前日までは丁重なもてなしを受けた。無数の実験動物が死亡し、そのデータを集めて作ったクローンが私たちだ。私たちは人間の夢だ。

だが、人間が私たちの夢でもあった。私の言語や才能、話したり考えたりするやり方、何よりも地球を恋しく思う心は完全に「人間的」だったから。この恋しさはどこから来るのか。移植されたものなのか、ひとりでに生まれてきたのか区別できない。さまざまな実験の末に生まれた私は、自分がどんな生きものなのかさえ知らなかった。

出発まで、検査と訓練で本当に忙しかった。それで、地球とちゃんとお別れできなかったのだ。いくつかのイメージが切手みたいに残っているだけだ。手を振ってくれた人たち。発射された瞬間の振動。心臓と耳の圧迫。宇宙船に火がついたのではないかと思うほどのタービンの熱気。真空の中を遊泳していたケーブル。

慢心した男たち

ヒューストン

カウントダウン

丸いガラス窓に沿ってゆっくり回るアリたち

うまくいったのなら、ここは地球ではないのだろう。

うまくいったのなら、ここは火星のどこかであるはずだ。

本当にうまくいったのなら、ここは未来なのだ。タイマーは五百年後に設定されていたのだから。

体をよじるとベルトの拘束力が四方から体をしめつける。そしてやっと、自分がぐるぐる巻きにされていることを思い出した。離着陸の衝撃から保護するため、最大限に「密封」されていたのだ。

自動的に訓練を思い出した。私が受けた訓練の中には、自由落下や真空の中での移動、大小便の仕方とその処理の仕方、そしてベルトを解除するボタンの探し方があった。

ボタン、ボタンはどこにあったっけ。

最後まで思い出す前に何かが指先に触れた。

冬眠がすなわち再生を意味するわけではない。ベルトはほどいたが、立ち上がる勇気が出ない。体は意識ほど完璧ではない。凍ってから溶ける過程でどこかが腐ったり損傷していることもありうるし、死んだ神経が生き返らないかもしれない。重量のために心臓の弁膜が弱くなっているかもしれないし、視力が以前通りではないかもしれない。氷の中の魚がまた溶けるときのように、ゆっくり動かなくてはならない。慎重に、一つずつ点検するのがいいだろう。このプロセスを指揮するのは私だけだ。

右腕。動く。

左腕。動く。

二本の足と膝。やはり動く。

視覚、聴覚、触覚にはすでに電気が通っている。

そろそろ体を起こして外に出なくてはならないだろう。そう思いながらも、宇宙船の天井だけを眺めていた。

わん

わんわんわんわん

わんわん

わん

どこかから犬の吠える声が聞こえてくる。幻聴としては長い。はっきりとリズミカルに、犬が吠えている。何匹もいるのではなく、一匹の声らしい。宇宙船のどこかが開いてでもいるのだろうか？

宇宙船の開閉に考えが及ぶと、寝ているわけにいかなかった。瞬間的に体を起こしたが、貧血のせいで目の前がくらくらする。だが、暗黒こそ私の得意分野だ。

息を吸い込み、内側から広がる痛みを視覚的に描いてみる。復活を告げるシナプスとニューロンを思い出すと、黒い霧が徐々に晴れていく。

目を開けると、私の前にはシベリアンハスキーが一匹いて、しっぽを振っていた。

ライカ。

犬は泰然自若と構えて口を開き、自己紹介した。知らない外国語で話しかけ、私が聞き取れないと見ると、わんと一度吠えた後に英語で言い直したのだ。会えてうれしい、私の名前はライカだよ、と。めりはりのあるアクセントの、外国人の英語だ。

「どうやって――」

私はライカの後ろで閉まっているドアを指差したが、言葉を続けることができなかった。犬が言葉を話すことと、閉まったドアを開けて入ってきたことのどっちに驚くべきなのか、判断が難しい。

「開けて入ってきたのかって?」

質問に対してライカは平然と「私が開けられないドアはないよ」と答えた。ライカは壁も通過することができた。大気圏も銀河系も通過し、白色でも赤色でもすべての惑星を通過してきたという。ライカは死んだ犬なのだ。

「私の体は宇宙船が爆発したとき粉々になって、地球を祝聖する聖水みたいに、空中に散らばったんだ。その後ずっとさまよい歩いてるんだ。ちぇっ、死んでからまた出てきてみたら、こんなふうに神様もなけりゃ天国もなくて、私は行くあてがないよ」

どことなく見覚えがある。モニターに浮かんだ画像だ。私はライカを「知って」いた。私たちのような実験動物の元祖だ。一九五七年十月四日、ソ連で打ち上げられたスプートニク二号に乗せられていたライカは、人間より先に宇宙に出た最初の生命体だ。

「私は三百年前に生まれたの。だからあんたの子孫だね」

「どこ出身?」

「アリゾナ。米国の」

「米国なら何回も見たよ。金星の近くで難破した宇宙船を通り過ぎたときだった。ガラス窓の中に白髪のおじいさんが見えたんだ。完全に頭がおかしくなっていて、壁をなめているところだったね。なんでそんなことしてるのかって聞いたら、自分は本当は月が怖いっていうんだ。月に行ったら発狂するって話を聞いたことがあって、到着する瞬間によりによってそれを思い出したんだって。そしたら、バーン! 担当した機械は一度も誤作動を起こしたことはないんだけど、かえってエンジニアが爆発しちゃったんだ」

「おもしろい話だね」

「うん」

私たちはしばらく黙って立っていた。

「何か関係があるよね。発狂した宇宙人、死後にさまよっている実験動物。未来に復活した冷凍哺乳類」

最後の言葉は私を指している。私はしゃがんでライカの目を見つめて、まじめに聞いた。

「教えて、ライカ。私は機械かな?」

「ううん、全然」

「じゃあ人間だと思う?」

「人間みたいな話し方はするね。二足歩行をしているし。でも人間じゃない」

「私は死んでるの? 失礼だけどあんたは死んでるでしょ。そんなあんたとこうやって会話ができること自体、死んだ証拠じゃないかな。ここはどこなの? 宇宙? 死後の世界?」

「場所を聞くのは、私たちは誰なのかって聞くのと同じだよ」

ライカは伸びをするように体をぎゅーっと伸ばした。そして、わざととぼけてみせた。

「ペットのノミ、見るかい?」

ライカが突き出した背中には、まるまるとしたノミたちが楽しそうに飛び跳ねていた。重力が小さいので、ノミはゆっくり高く跳ぶことができる。全部で四匹いるノミには、宇宙飛行士の名前をとって、コリンズ、アーウィン、シュワイカート、オルドリンという名前をつけたという。

「あんたは前、人間のペットだったでしょ。でも今はペットを飼ってるんだね」

「実験動物になるための二つの必須条件が何か知ってるかい？」

ライカがノミをまた体の中にしまった。ノミは力強く血を吸った。

「賢くて健康なこと。主人がいないこと。私はモスクワの街をさまよう家なしの子犬だったんだよ。研究所に流れついて、腹いっぱい食べさせてもらって、運が良いと思ってた。気がついてみたら全身が電極がついたケーブルでぐるぐる巻きにされててさ。ふん、まさにロックだね」

ライカはデヴィッド・ボウイの‘Space Oddity’*をハミングで歌い、額をしかめた。私はロックを知らず、なぜそれがノミを飼ってる理由になるのかもわからず、デヴィッド・ボウイのことはもっと知らなかった。でもうなずいた。たぶんおかしかったからだ。霊魂に巣くったノミだなんて。つまりライカが散華したときノミたちも一度飛び散って、その後宇宙塵みたいに集まって、楽しく血を吸っているということなのか。

「ここがどこか私たちにはわからないんだ。火星だろうけど、どの次元の火星かわからないじゃないか。あんまり考えすぎない方がいい」

私が笑うと、ライカは優しい目つきで踊るノミたちを眺めた。

こんどはライカが質問する番だった。ライカは最新の地球の情報を聞きたがった。最新といっても何百年も前のことだけど、とにかくライカよりは私の方が知っていることが多い。

例えば、ライカは研究所がなくなったことを知らなかった。ライカを宇宙に送った研究員たちはみんな死んだ。倫理に反する動物実験に抗議して全世界でデモをくり広げていた地球各地の動物愛護家たちも死んだ。実験動物として一緒に選抜されたが最終審査で脱落した友だちのアルビナも死んだ。ソ連も死んだ。

「ソ連がなくなったって？」

ライカは故国の悲劇を伝え聞いた亡命者みたいにショックを受けていた。ライカは消えたソヴィエトに郷愁を抱いていた。冷戦時代の宇宙飛行士たちは代理戦争をやっていたし、ライカは彼らの手によって宇宙に送り出されたのだから。ライカの存在はしばらくの間、ソ連の勝利を意味した。

「私の顔のついた記念切手もあったんだけど……」

魂が抜けてしまったライカ。いや、魂だけで残っていたというべきか。

私は重い雰囲気を変えようとして、月から火星までどうやって来たのかと尋ねた。「死んでるから簡単に来られたんだ。四本の足でただ歩いてきたんだよ。月には生きてる人も死人も宇宙飛行士もうじゃうじゃいて、全然静かに暮らせないからね、初めて火星に来たときは、足音一つたたない完璧な隠遁地だったよ。だから、ここは天国でも地獄でもない、煉獄《れんごく》だと思った

＊一九六九年発表のデヴィッド・ボウイのアルバム。歌詞が宇宙飛行士と管制塔との会話をもとにしている。

な」

「煉獄って何だっけ」

「何だよ、あんた、ダンテも読んだことないのか」

犬は長い舌を伸ばしてちっちっと舌打ちをした。

私の膝までの大きさしかないこのシベリアンハスキーは、ひどく賢くて辛辣だ。他人の無知に驚いてみせる方法で自分の知性を見せびらかす傲慢さの持ち主でもあった。

「とにかく、あんたは私が見た動物の中ではほんとに変わっているよ。人間ではないけど、人間みたいにばか……あ、ごめん」

全然ごめんと思っていない表情でライカが言った。語彙と同じぐらい表情も豊かなこの犬が、だんだん嫌になってきた。

「ところで、こんな匂いのするところにいて大丈夫か?」

急にライカが真顔になって鼻をくんくんうごめかした。そして、十一体の死体が横たわっているカプセルの方に向かって唸った。

「私が犬だということに配慮してくれないとね。つまり、嗅覚が発達した私にとっては死臭は拷問だってことだよ。あんなふうに放っておいたら、死んだ仲間たちにも礼儀としてよくないだろ。私たちが一緒に暮らすんなら、もっと快適な環境を作る必要もあるし」

いつ「私たち」になったのか、一緒に暮らすことにしたのかわからないが、ともかく私はうなずいた。時間とともにわかったことだが、ライカは指示を出すことがうまく、私は指示を出される方が楽だった。

カプセルを開けてみると、私とそっくりのクローンたちが腐敗しており、腐敗の進行程度はそれぞれに違っていた。問題が起きて、カプセルの中の冷凍温度がちゃんと作動しなくなったらしい。気持ちのいい風景ではない。私の顔をした死がさまざまな形で展示されているのだから。

骨だけ残った死体はまだましだったが、まだねばねばした水が流れ出ている死体に手を触れたときは、思わず身震いしてしまった。それでも仕事を終えるとはずみがついて、室内のすみずみまで掃除した。宇宙船の中を片づける作業は、それまでの三百年の時間を整理することでもあった。せっせと体を動かしていると、日常感覚といえそうなものが戻ってきた。

窓の外にオレンジ色の大気がたれこめていた。暗くなる前に死体を埋めるつもりでハッチを開けた。

ついに火星におりたつのだ。風景自体は地球の荒地と大きく違わない。角が尖った石、草も木も生えていない、輪郭だけの岩。雲一つないあんず色の空。ここがほんとに火星だろうか？雲がないため、空は無表情な顔のようだ。本音がわからない人の顔。

シャベルを持って土を掘った。地球より粒子の細かい火星の砂が空中に浮かび上がってゆっくりと落ちていく。浅く広く掘ったところに死体をいっぺんに入れて、土で埋めた。その上に、着陸したときに広がったエアバッグを切ってのせた。橄欖《かんらん》石のようなどっしりした石を拾って角に押し込み、埋葬は終わった。私の仲間たち、十一体のクローンたちは結局、火星に埋められるために宇宙飛行をしたことになる。
空にはフォボスとダイモス、生気のない二つの衛星が浮かんでいた。

宇宙船に戻ってみると、ライカは操縦席の下に居場所を定めて眠っていた。

私もカプセルの中に戻って横になった。カプセルは相変わらず良いベッドだった。睡眠モードにした瞬間、空気の入ったやわらかい布がふくらんで体を包んでくれるのだが、この装置を考案した科学者が予想しなかった、おまけのような長所が一つあった。スキンシップが恋しいときに慰めになるのだ。布を重ねた空気チューブが体をそっと押さえつけると、見えない誰かが私をぎゅっと抱いてくれているようだった。

宇宙のように寂しいところでは本当に便利な機能といわざるをえない。ライカにもその気分を味あわせてやりたかったが、ひどく横柄な犬だから体に手が触れることさえ嫌う。

私がライカを抱いたのは、ダイモスに初めて会った日だった。その日はライカが私に「エデン」を見せてくれた日でもあった。

「火星でいちばんきれいな波の砂漠だよ。〈エデン〉は私がつけた名前なんだ」

六時間ほど歩いていくと、地面が貝の形にくぼんだところが現れてきた。低い丘には彫刻家が繊細に刻んだような幾何学的な模様がついており、ところどころに突き出した石は金色や青、黒に光っていた。

「ほんとにきれいだね！」

私は赤い砂を手で触りながらうっとりして言った。湿り気のないオレンジ色の砂がゆっくりと私の水かきの間から漏れていった。ライカが情けなさそうに舌打ちをした。

「水もない星に送り込むのに、何で水かきなんかつけたんだろうねえ。もう」

そのときだった。遠くから風が渦巻きながらやってきた。「遠く」と思ったのは一瞬のことで、気がついてみるとまたたくまに砂嵐が近づいていた。

「埃の悪魔だ！」

ライカが叫ぶのと同時に強風が私たちを包み、私はおじけづき、ライカを抱きしめて座り込んだまま嵐が通り過ぎることだけを待った。

重力が弱くなっているからなのか、砂嵐の威力は勢いほどには大きくなかった。全身に厚く土をかぶりはしたが、別にけがはしていない。気を取り直してみると、ライカが私の懐から
「次からは体に触れるときには必ず許可を得てくれ」とぴしゃりと言った。

「それにしても、こりゃまた」

私のふところから降りたライカが急に言葉と動きを止めてため息をついた。

「どうしたの？」

「あんた、妊娠してる。メスだったんだなあ！　ほんとに人間って残忍だね。妊娠した動物をどうして宇宙に出せるんだろう？」

頭の中が真っ白になった。白い光が一点に集まり、実験室の照明に変わった。照明の中の私

を見おろしているガウンを着た人々、ドクター・リヒノフスキー、彼の手が持っていた注射針。

「地球でどんな実験をされたんだ?」

モニターのグラフ、私を縛りながら涙を流していたマダム・セシリア、そして……必死に頭の中をかき回したが、その後のイメージは完全に欠落している。口ごもり、話しつづけられなくなった私を見たライカは、そんなことだろうと思ってた、という反応を見せた。すると反感が押し寄せてきて、記憶という情報がとぎれはじめた。それでも私は、起きたできごとの大部分を覚えていた。誰とも交尾せずに私は受胎した。

「ブレーン・ストーミングだね。簡単に言えば記憶を削除されたのさ」

この犬には本当に知らないことがない。そのうえ、人を慰めることもできる。「憶えてない方が生きていくためにはいいよ」と言い、苦々しい表情も浮かべている。

「私を見てごらん。私は全部憶えているんだ、一つも残らず全部ね。放浪していたとき、飼われていて追い出された瞬間、自分の本名と研究所の隅っこにあった鉄窓、お願いだから開けてくれって吠えてたときのこと、ものの言えない動物だからってばかにされたこと(私ぐらい弁の立つ者もいないのにさ)、重い装備が装着された瞬間の圧力、恐怖で真っ青になって火事が起きた宇宙船を見ていたこと。私は焼け死んだんだよ! まさか、発射五時間にもならないのに空で粉々になるなんて。こんなぞっとするような記憶が残っているより、いっそ白紙の方が人道的だろ」

ライカは自分の悲劇に陶酔して唸《うな》った。恨みに満ちた声を聞きながら、私は本能的におなかをかばった。おなかの中では何の動きもない。人間なのか動物なのかもわからないのに母親になるとは、なんて異様なことだろう。

「私もメスだったんだよ。私の子孫たちはまだ地球で生きてるだろう」

その瞬間、変な物体が光った。

埋まっていた何かが砂嵐で姿を表したのだ。ちょっと見たところは洗濯機にホースがついたような形だ。私が近づいていくと、ライカはすぐに声をひそめて、掘ってみろと合図をよこした。

道具らしい道具もないので時間がかかったが、掘り出してみると、それは私の背丈の半分、体の幅は二倍ぐらいある探査ロボットだった。超軽量の素材で作られているのか、それほど重くはなかったが、角がつぶれ、キャタピラが車輪からはずれている。電源は完全に切れていた。壊れているようだと言うと、ライカは首を横に振って、ロボットの後ろ側を示した。

「そこを拭くんだよ」

ライカが言ったのは、厚く埃をかぶったソーラーパネルのことだった。

私たちは探査ロボットを持ってきて、日光がよく入るところへ置いてやった。そしてしばらく経つと忘れてしまった。枯れた植木鉢を置き忘れてしまうように。

ある日、宇宙船の中にマーラーの交響曲第三番（ライカがそうだと言ったので知った）が響きわたり、目を開けてみると、ロボットに電気がついていた。

「ごあいさつが遅くなりました」

とてもていねいで礼儀正しい機械音だ。語彙もアクセントも自然なうえ、前面には「顔」と言ってもよさそうな光がともっている。口はないが、ネオン形の目が大きくなったり、点ぐらいに小さくなったりして、絵文字のように感情を表している。

「ダイモスと言います。衛星の名前をとってつけました」

「それじゃ、フォボスもいるの？」

ライカが知ったかぶりをして単刀直入に聞くと、ロボットの目がタングステンの色になり、細長い形に変わった。しばらく後、フォボスは渓谷に墜落して信号がとだえて久しいという答えが返ってきた。そんなことがあった後もダイモスの生は続いてきたのだ。

双子のロボットは開拓者であり、実験室でもあり、カメラマンでもあり、赤い大地の上を一緒に歩き回って地平線の果てまでさまよった。彼らは二人組だったので、一方が危機に陥ればもう一方が助けた。地球で予想されていた寿命の五倍以上もの期間、任務を遂行しているうちに、彼らは強い絆で結ばれ、知能もだんだん高くなっていった。河川や渓谷のネットワーク、エリジウム平原の形、ヴァリス・マリネリス峡谷の土、水の痕跡を探してさまよい歩く自分たちの足跡までまじめに写真に撮って地球に送った。

写真を電送すると、次は宇宙で録音した音を再生して一緒に聞いた。たまたま宇宙船の交信をキャッチすると、とてもうれしかった。双子のロボットは自分たちが情報を電送している青い星に漠然とした愛情を抱いていた。彼らは「愛情」という言葉を知っており、「懐かしさ」

という言葉も知っていた。それはある方向へ向かってきりもなくデータを送信する行為だった。

双子のロボットの写真は、科学者たちの引き出しの中にきちんきちんと貯蔵された。そこからはやがて、火星で着用するのにぴったりの良いヘルメット、手袋、長靴が生まれるはずだった。目録は伸びていき、それをもとにアリゾナやニューメキシコのどこかに模擬火星が作られる予定だった。そこで人類は、ここへ来るための予行練習をするだろう。長靴をはいて角を曲がり、火星と似た重力に体を慣らすだろう。フォボスとダイモスが送ってやったデータをもとに作られた器具や製品を利用して。

双子のロボットは遠い遠い地球に自分の家を用意してきた人のように、模擬火星について飽きずに話し合った。そこには、引退後は地球に帰り、火星進出のシンボルのような存在として暮らすという計画も含まれていた。自分たちが開拓し、作り上げた安楽なモデルハウスで崇拝されて老年期を過ごすのだ。そして——

「切手も作られるんだろ」

ライカがいきなり割り込んだ。嘲笑のまじった鋭い語調で、ダイモスの空想を破った。

「はっきり言うけどそんなことにはならないね。だって人間は百年も生きないんだよ。一、二世紀で火星移住計画なんて実現できるかい？　第一世代はいつだって夢を見る。信仰の自由を求めて船に乗って出ていったり、黄金を探して見知らぬ土地に行ったりさ。とうとう定着して、息子たちがそこを引き継ぐ。土地が肥えていれば繁栄するだろう。でも彼らの息子や息子の息子ぐらいになると、その成果に酔って弱くなっていくんだよ。人間にとって成功するということとは、重力が減るのと同じだ。五分の一ぐらいの重力の中で生きていると、背は伸びるだろうけど骨が弱くなるだろ。それでどこにも行かない。どうせ、作られた世界を使い果たしてしまえばお互い戦争が始まるんだ。そうなれば、ここ、火星みたいな荒地になるのは一瞬だよ。ね、このストーリーの中でおまえたちが務める役割って何だと思う？　おまえたちは第一世代の野望のために生まれただろ。第二世代まではまじめにメッセージを送ってきただろ。でも、第三世代ぐらいになると忘れられていくよ。火星基金みたいなものがあったとしたら、それはもう戦争の費用に使い果たされてるだろう。おまえたちが送った電波も地球のどこかにそのままたまっているかもしれない。受け取る人がいないからね。

つまり、真実はこうだ。おまえは、無意味な義務から解放されてもいい。高感度アンテナを立てておくことに全力を浪費するより、ここの石一個でも片づけた方がましだよ。もうさまよい歩かないで、ここで私たちと暮らそう」

「……でも、流浪は、私の習性になっているのに」

ライカの長い説得に圧倒されたダイモスはぐずぐずと言った。

「おまえは異常なくらい人間の真似をするんだな！　〈習性〉だの〈流浪〉だのって、言うことがロボットらしくないよ。とにかく、石の山を掘り返すのが好きならそうしてな。だけどここには妊婦がいるってわけでしてね。もしかして医療機能は備えてないかい？」

「生命体を発見した場合に備えて、バイオプログラムがある。通称〈ドクター〉という名の」

「そりゃいいな。この子の体調をちょっと見てやってよ」

ライカは私を前に押した。私はもたもたしてどうしていいかわからなかった。ダイモスのホースのような腕が伸びてきて、やっとこの形をした手が私を引き寄せた。「一滴でいいんだよ」ちくっとする痛みに続いて、彼が私の血を抜いた。彼の内側でファンが回るような音がする。

「十二週。よく育っている。七ヶ月後に生まれそうだ」

「それはよかった！　火星で出産だなんて」

「下の方の地帯にはできるだけ行くな。放射能が出ているから。内部の氷が加熱されて水蒸気が出ているのを見た」

「水蒸気？　氷？　じゃあ、火星に水があるのかい？」

「可能性は七十パーセント程度」

水を見つけることが、フォボスとダイモスに下された最後の指示だった。そして今、ライカが新しい指示を出した。「ね、ダイモス。おまえが言ったのはすごく大事な情報だよ。水があれば、いつかここが地球みたいになることもあるじゃないか。一言で言って、いいことは一つもない……それははるかな未来のことだし、私は幽霊でおまえは機械だから関係ないけど、この子はそうじゃないんだ。体があるから食べたり飲んだりしなきゃならない。それに、赤ん坊まで生まれるんだから……大変だよ、どうしようね。とにかく私がいない間は、おまえがこの子をちゃんと守っておくれ。おまえは愚痴を言わないし、動作も早いから、いい保母になるだろうよ。もっとほかにできることがあるかい？」

ライカの声を聞いていると変な気持ちになった。

ライカは妊娠を知って以来、徹底して私を大事にしてくれるけれど、同じメスだということを別にしたらその理由がわからない。

ライカは妊娠した私を、自分の娘にでもなったみたいに世話してくれる。火星の空のような、本音のわからない犬だったけど、あれ以来ライカが私に注いでくれたまごころを思うと、誰かが私のために送り込んでくれた存在ではないかとも思えた。

ダイモスに十二週という言葉を聞いて以後、体が変わりはじめた。よく眠る時期と眠れない時期が代わる代わる訪れて、カプセルに横になって過ごす時間が増えた。少しずつふくらんでくるおなかを見ていると、光がいっぱいに満ちてくるようだ。

友たちが宇宙船の下に吊るしてくれたハンモックで、私は一日に何度も昼寝をした。おなかの中の子どもが気持ちいいように体を揺らしてやると、心地よい振動が私の体内にあたたかい同心円を描く。波動が外に出てきそうで、口には微笑が浮かぶ。笑いが私の顔に新しい地図を作り出していた。けれどもそれも一時のことで、すぐに涙が流れてくる。とまどうくらい素早く変化する感情を見ていると、これさえも実験のせいなのか、または子どもを身ごもった母親が経験する自然な本能なのか区別が難しい。「そのこととは関係なく、これが真実だ」と思った。はかりしれない世界に、はかりしれない存在として放り出された私が自分にむかってはっきり言ってやれるのは、それだけだ。この感情は真実だ。私だけの、私の固有の真実。

ある日、ダイモスが胎児の心臓の音を聞かせてくれた。ダイモスの腕にはできないことがない。電源を切るボタンがないので半ば不滅のこの機械は、永遠に労働するようにプログラムされている。今は全機能をあげて私たちを守ってくれて、心臓の音まで聞かせてくれる。子どもの心臓の音、それは私たちにむかって全速力で走ってくる小さな宇宙船のようだった。

「これより大きな音は聞いたことがないね」

ライカは詩的な感激をこめて言った。

それまでにライカとダイモスは「井戸」を完成させ、四日に一度ぐらい降りていっては、十リットルほどの水を汲んでタンクを満たしはじめた。ダイモスが水質を検査してみた結果、安全だと言ったが、ライカはまだこの水を私に飲ませていない。ライカはいてもたってもいられないようすで私の世話をしていた。産み月はまだ先だったが、かわいがっていたペットの四匹のノミさえ体から取り出して、びんの中に入れるぐらいだった。

「友だちを捨てるわけにはいかないけど、妊婦と赤ん坊にはよくないから、おまえたちはここにいなさい。ときどき血を吸わせてやるから寂しがらずにね。そろそろ、ちびさんを迎える準備をしないといけないんだ」

この廃墟がもはや冷たく見えないのは、私たちが生活というリズムを一緒に作り出したからだろう。

私は宇宙船の下のハンモックで浅い眠りに落ちていた。夢と意識の両方から、二外の世界を意識はしていたが、その内側でいろんな夢を見ていた。夢と意識の両方から、二人の声がしみこんでくる。夢の中で雲を見たのだが、それは火星では見られないみごとな綿雲だった。わき上がる雲を見上げていると、そばで友たちの声が聞こえてきた。

「船が三隻」

「知ってる。何人いそうかな?」

「たくさん」

「今、降りてきてるのか?」

雲が宇宙船の形になり、ペースメーカーをつけた宇宙飛行士たちが着陸準備をしているのがガラス窓から見えた。会話が続くにつれて、夢の中のイメージが変化していく。主にライカが質問してダイモスが答えている。

「人間か?」

「そうだ、人間だ。一人、二人、三人、四人……少なくとも七十人ぐらいいそうだ」

人間が来ているのだ。三隻の船に乗って、七十人ぐらいの人間が火星に着陸する。人間は恐ろしい存在だ。鉄窓のことを思い出した。実験動物である私の存在が彼らに知られたらどうなるだろう? 心臓が高鳴っているのか、子どもがおなかの中で足を曲げたのか、胸がどきどきする。

「井戸はどうしよう?」

埃の上に長く残った車のわだち。キャタピラの跡が土の上から起き上がり、鞭に変わり、すぐにダイモスの機械の腕に変わる。ある一瞬、私の体が開いて、ダイモスが私のへその緒を切った。「消毒のために、焼くからね」。けれども、出産後で茫然としている私は何の苦痛も感じない。

私たちは海辺にいる。バーン！　と銃を撃つような大きな音を立てながら氷河が落ちていく場所だ。何百年もかけて肥え太ってきた氷河が水の中へ入っていき、子どもは私の体の外に出ている。生まれたばかりの子どもは自分の血に濡れて真っ赤だ。ライカがぴょんぴょんはねて喜び、子どもをなめてやる。

「一人の子どもが誕生した！」*

「それどういうこと？」

「最も勇壮にして簡潔な福音だ。あんた、ハンナ・アーレントも読んでないのかい？」

憎たらしいライカ。

私たちは海べに降りていく。氷河が落ちる海で子どもを洗ってやりに行くのだ。冷たい水に触れると子どもがわっと泣き出し、私の胸元にもぐりこむ。小さな手に、薄い膜のように張っている透き通った水かきを見て、突然私は水に入っていき、子どもをおなかの上にのせて血を洗ってやる。魚たちが踊る。生まれたばかりの子どもが魚のように泳ぐ。これらのすべてが夢だということはわかっているけれど、中断されたくなくて、さらに深く目を閉じる。

「井戸が見つかったらどうしよう？」

現実から聞こえてくる低い声。夢の方へ行こう。もう一度夢に逃げよう。人間のいない世界

＊キリストの誕生を預言する旧約聖書イザヤ書の一節。政治哲学者ハンナ・アーレントは主著『人間の条件』第五章の末尾に、この一節を引いている。

へ。

海に白いしわが寄っている。しわが私の方へ押し寄せてきて、私は白いしわを何度も乗り越える。「なみ」「何？」「海のしわ、それを波と言うんだよ。このまぬけ」。急にライカと私の会話がつながる。それは別の場所にいる私の夢だ。別の場所の私が見ている夢だ。二人の夢が重なっている。

「ここがほんとの火星なら、あんたはカンガルーみたいに跳ばなくちゃいけないはずだ。視力も悪くなっているはず。何より、マイナス六二度でどうやって生きていられる？　ここは火星に似た世界だよ。つまり、悪いことが起きてもほんとじゃないんだ」

これはまた別のライカが話していることだ。別の宇宙、別のライカ、いろんな次元が重なり、時間と空間がたわみ、夢と死後の世界が混じっている星。分裂しそうになって、私はとうとう、眠りを押しのけて目覚めるしかなかった。

目を開けてみると、ライカとダイモスがまだ私のそばにいる。

「私、夢を見た。子どもを産む夢」

とりとめのない夢の話をすると、火星に海ができるのは一千年後でも無理だろうとダイモスがいう。それなら、私が見たのは未来なのだろうか？

「宇宙船は？　七十人の宇宙飛行士が三隻の船に分乗して、着陸するって言ったじゃない」

「まだ寝言を言ってるのかい？　心配しないで。ここには私たちしかいないから」

その言葉に、カプセルの中で横になっていたときのように、安堵のため息が漏れた。

私は群青色と金色に光る石を一つ拾って手のひらに載せて眺めてみた。どこかから、黒いビニール袋が飛んでくるような音が聞こえた。宇宙船の向こうに小さな火山のシルエットがかすかに見える。これらすべての風景に、慣れ親しんだイメージと、友たちが作り出した私の巣に、私は突然、ほっとする。そして、あなたのおかげで発生した私の言葉、優しい言葉を子どもにかけてやりたくなる。

「赤ちゃん。私は全宇宙であんたのことだけが気がかりだよ。でも、どの星もみんな私たちのお母さんだから、寒いことはないいんだよ」

子どもは生まれるだろう。私だけでなく、おばちゃんが二人もいるのだから心配することはない。臨月のおなかを撫でながらそうつぶやくと、ダイモスが、私の性別は女かと聞き返す。ライカがウインクするように耳をつんと立てる。その音に応えるように、おなかが一度、くっと動いた。

作家ノート

「船が山に登る」という表現は、船頭が多いときにも使うけれど、ことがうまく運んだときにも使う。もっと強調するときには「アンドロメダに行く」ともいう。今回の小説の場合、それは比喩ではなくて現実だった。フェミニズム小説の依頼を受け、三つのストーリーのうちのどれにするかで悩んだ。一つずつ×印をつけるうちに、砂時計の中身が落ちていくように持ち時間が減ってしまい、締め切りが鼻の先まで近づいていた。気づけば、私の登場人物たちは宇宙を横切り、火星にいた！　何ということだろう。

妊婦さんを火星に行かせたのでとても悩んだが、それでも寒々しい結末にはならなかったと思う。友と巣があれば、火星でも寒くはないはず。

解説

本書は、タサンチェッパンより二〇一七年に出版された『ヒョンナムオッパへ』の全訳です。この本を手に取られた皆さんの多くは、韓国で百万部以上の売り上げを記録し、Me too運動の火つけ役ともなった大ベストセラー『82年生まれ、キム・ジヨン』（チョ・ナムジュ著、筑摩書房）の存在をご存知のことでしょう。本書はその人気を受けて企画された、定評ある女性作家たちによる書きおろし短篇集です。さらに、七人の作家は印税の一部を女性人権団体に寄付したそうで、名実ともに女性のための作品集といえるでしょう。

七人の執筆者のうち、チョ・ナムジュさんとチェ・ウニョンさん以外の五人の作家は、日本初紹介ということになります。

今までも韓国の女性作家たちはフェミニズム的な小説をたくさん書いてきましたが、「フェミニズム」というテーマで編まれたアンソロジーはこれが初めてだそうです。そう言うと、「フェミニズムを広めるための小説?」「プロパガンダ小説?」と思うかもしれませんが、そうではありません。原書では「フェミニズム小説」の定義は特に明らかにされていませんが、実際の内容はかなりバラエティに富んでおり、現代韓国を生きる女性の生活と意見を踏まえて、作家たちがそれぞれに自分の考えるフェミニズム小説を模索した果実が収められているといえましょう。前半にはリアルな生活心情を描いたものが配置され、そこから徐々に現実を離陸し、サスペンス、ファンタジー、SF作品が続きます。読者の皆さんにはこのバラエティを十分に味わっていただければと思いますが、初紹介の作家も多いので、作家と作品について一言ずつ述べておきます。

ヒョンナムオッパへ（チョ・ナムジュ）

二〇一六年に発表された大ベストセラー『82年生まれ、キム・ジヨン』は、一人の女性が生まれてから体験した壁のさまざまを非常に淡々と記述したものでした。その淡々としたところが広く共感を得たわけですが、それは日本でも同様で、二〇一八年に拙訳による日本語版（筑摩書房）が出版されるとすぐ「これは私の物語だ」「わかりすぎて苦しいほどだ」といった共感の声が多数寄せられました。

「オッパ」という言葉は、女性から、実のお兄さんや親しい年長の男性（恋人や夫）に呼びかける際の呼称です。Kポップのファンがアイドルを呼ぶときに使うこともありますね。実はこの小説を訳しはじめたときは、「オッパ」ではなく「ヒョンナムさん」という呼称を使っていました。しかし「オッパ」という語感には、「〇〇さん」とは全然違う距離の近さ、親しみがこもっています。チョ・ナムジュさん自身の説明によれば「オッパと呼ばれることは男性にとって、女性から尊重されているという気分の良い実感があり、オッパと呼ぶ女性をかわいがってあげたいという心理も生まれる」ということです。いろいろ考えた末、この短篇においては「オッパ」という言葉をそのまま使うことに決めました。

「ヒョンナムオッパへ」は成長物語です。オッパの庇護の下で生きてきた彼女が呪縛から解放され、自分らしく生きようとオッパに別れを告げるわけです。そのため、ラストシーンの捨て台詞は原文では「ケジャシガ」（直訳すると「犬野郎め」）という、相当に強い罵倒語でしたが、呪詛や憎悪というよりは元気な訣別宣言のニュアンスを強調し、「ばっかやろー」という日本語にしました。

なお、文中でヒョンナムオッパが「ヘラン・カン氏の十二代目」と言いますが、このように「○○姜《カン》氏」「○○朴《パク》氏」といった言い方を「本貫《ポングァン》」と言います。○○に入るのは地名です。韓国では姓の数が少ないため、同じ姜氏や朴氏でも、もともとの先祖がどこの出身であったかによって区別するのですが、「ヘラン」という地名は実在せず、ヘラン・カン氏という一族も実在しないことをお断りしておきます。

チョ・ナムジュさんはもともと、放送局で構成作家として働いていた人でした。そのため、『キム・ジヨン』にも、「ヒョンナムオッパへ」にも、言ってみればテレビの再現ドラマのようなわかりやすさがあります。作家はこの短篇で、「男性に精神的に支配されてきた女性が、それが精神的暴力であるということに気づかず、後になって気づく姿」を伝えたかったとのこと。日常の小さな違和感の積み重ねが大きな距離を作ってしまう様子には「あるある」とうなずく方が多いのではないでしょうか。

あなたの平和（チェ・ウニョン）

七人の中でいちばん若いチェ・ウニョンさんは、非常に将来が期待されている若手作家です。二〇一三年に発表したデビュー作の短篇「ショウコの微笑」が二つの文学賞をあいついで受賞し、一躍期待の新星となりました。この作品を収録した短篇集『ショウコの微笑』（吉川凪監修、牧野美加・横本麻矢・小林由紀訳、クオン）は二〇一六年のベストセラーになり、二冊目の短篇集も大きな文学賞を受賞しています。

チェ・ウニョンさんは女性の主人公しか書きません。彼女の小説の良さは、まるで水のようにするすると読み手の胸に入ってくる自然な抒情と素直な文章、その中に一本通った強い芯です。女性の喜びと悲しみ――悲しみの方が比重が大きいようですが――を繊細に描いて定評がありますが、「あなたの平和」も、娘ユジンから見た母ジョンスンの寂しさ、ユジン自身の切なさ、新生活スタートを控えたソニョンの怯えと、三人の女性のやるせない心理が重なってなかなかしんどい物語です。しかし、どこか冴え冴えとした印象も残ります。ジョンスンは、果たして娘が望むように不幸の連鎖を自分のところで断ち切ることができるのでしょうか。ユジンとソニョンの聡明さが母の心を溶かすことができればいいのですが。作中、父は「父」なのに、ジョンスンが「母」ではなく名前で呼ばれていることは重要なポイントです。

なお、韓国では結婚に際して男女ともにかなりの結納品を贈り合うことがあります。家庭の経済状況や夫婦の考え方によって千差万別ですが、女性側が家財道具を用意し、男性側が新居を用意することが基本とされ、女性側からは男性の両親や親族に現金・商品券などを贈ることも習慣となっています。ソニョンのおかげで新居も家財道具も買わなくて済むにもかかわらず「布団の一組もないなんて」とこぼすジョンスンは、相当にしきたりにこだわっていることになります。

更年（キム・イソル）

これはなかなかショッキングな物語でした。中学生の女子が成績の維持のために男子生徒とセックスをするというのですから。念のためキム・イソルさんに、このような事例が韓国ではよくあるのでしょうかと伺ってみました。すると、「恥ずかしいことですが、起こりうる話です。ただし表面には現れず〈噂〉として扱われます。もちろん大部分の中高生はこんなことを経験はしませんが、中高生を持つ親ならそういう話を耳にしたことがあると思います」とのお答えでした。

学歴社会、格差社会を生き抜くために韓国の中高生が受けるストレスは相当なものがあります。ただでさえ、この時期をどう切り抜けるかは親にとって頭の痛い難問なのに、このお母さんはさらに難題を抱えています。更年期による体調の不安定、夫と息子それぞれへの強烈な違和感。妹や娘、ママ友との間にも感じるうっすらとしたいらだち、そして自分自身の人生への否定的な感情。しかし彼女は、息子の過ちを隠蔽したいという自分の葛藤の正体を正直に見つめています。息子と噂になった女の子たちの名前を呼んで謝るラストシーンには共感を覚えました。

堅実な筆致でさまざまな困難の中にある人々を描いてきたキム・イソルさんは以前、自分の小説について「読んだ人に悩み、考えてほしい。それが小説を書きながら願っていることだ」と語ったことがあります。「更年」はまさにそういう小説です。キム・イソルさん自身は二人の娘を持つ母親で、娘さんの一人は将来、女性学の研究者になることが夢だそうです。

すべてを元の位置へ（チェ・ジョンファ）

チェ・ジョンファさんについては、ある本のカバーの折り返しに印刷されたプロフィール写真を見て強い印象を受けました。そこには、満面の笑顔で砂浜で逆立ちしているジョンファさんの全身像があったのです。本人はそれを「暗い内容の小説なので、写真ぐらいは明るい楽しいものにしたかった」と説明していました。面白い方だなと思いました。

チェ・ジョンファさんは、日常と非日常のはざまを危うい歩調で歩く人物を描くのがとても上手です。最初の短篇集のタイトルは『ひどく内気な』といいますが、これは「ひどく内気な殺人者」という意味なのです。ここからも彼女の作品世界がなんとなく想像がつくと思います。

しかし、「すべてを元の位置へ」のシチュエーションはなかなかわかりづらいでしょう。これは、韓国特有の大規模都市再開発が背景となっています。韓国では、商業区域、住宅地を問わず、広大な面積が一挙に大規模再開発されることが多いのですが、その際に住民との合意形成にあまり時間をかけないことも多いため、結果として激しい反対運動が起きて膠着状態になったり、デモや座り込みを行う住民たちが警官隊に排除される過程でけが人が出たりすることも少なくありません。極端な場合、死者が出たこともありました。L市とはソウルを指し、「黒いジャンパーを着た人々」と描写されているのは反対派排除のために雇われたプロ集団です。そのような仕事を請け負う「用役会社」と呼ばれる会社が韓国には多々あり、ずっと社会問題になっています。

この小説における再開発とそれに伴う暴力は男性中心社会の象徴と見てよく、スカートなどの遺留品は、そこに住んだり働いたりしていた女性たちの生活を、利益主導の再開発が蹴散らしていった痕跡です。主人公ユルは、強烈な居心地の悪さに耐えながら写真や動画を撮っていくうちに、破壊された暮らしを復元してやりたくなり、自分の行動を制御できなくなっていきますが、最後に、自分の手があるべきところに男性の手がある様子を発見します。これは、無意識に自分の行動を男性の目で検閲し、何をしたいのかわからなくなって混乱している女性の姿を現しているとも読めそうです。

異邦人（ソン・ボミ）

「異邦人」は韓国ノワール映画を思わせるサスペンス仕立てです。この小説の特徴は何といっても、ハードボイルド映画やドラマにありがちな男女の役割を丸ごと入れ替えてしまった点にあります。

物語が短い割に登場人物も伏線も多いため、謎解きは容易ではありません。そのため著者から情報をいただいて、〈おもな登場人物〉に多少の説明を補っておきました（もちろんすべてではありません）。舞台はソウルを思わせる近未来都市で、巨大企業と政治家が癒着して薬物の開発や気象ビジネスの利権を貪っています。そんな中、二年前にある事件での失敗により挫折を味わった女性警部補が主人公です。その事件と関連のありそうな第二の殺人事件が起き、バーチャル自殺依存症に陥っていた彼女は後輩の男性に助けられて事件解決に乗り出し、その途上で彼は殉職。事件は結局、もみ消されてしまうのですが、彼女は依存症を乗り越える決意をして職場に復帰するという物語です。しかし先にも書いた通り、この物語は謎解きが主眼ではなく、ハードボイルドの世界で男女の役割を入れ替えたとき、それぞれのふるまい方がどう見えるか？　という一種の実験と見て差し支えないかと思います。そのあたりは「作家ノート」で語られている通りです。

ソン・ボミさんの小説の特徴は、女性の一人称を用いないこと、翻訳調の文体、独特の素材だそうです。長篇『ディア・ラルフ・ローレン』にはあのラルフ・ローレンの創業者が登場し、しかも彼は存命のはずなのに、死亡したことになっていました。虚実取り混ぜた独特の想像世界がきびきびした文体で展開されます。ユニークな新世代の作家です。

ハルピュイアと祭りの夜（ク・ビョンモ）

ク・ビョンモさんは売れっ子YA作家としてスタートしました。『ウィザード・ベーカリー』というYA作品が大人にも広く読まれ、三十万部超えという異例のベストセラーとなりました。その後、一般向けのファンタジー要素の強い小説などで順調に作家活動を続け、最近はリアリズム小説も発表しています。

この人は嫌な奴らや嫌な人間関係を描くのが実に巧みです。例えば最近作の『四家族の食卓』は、子どもが三人以上いる家庭が優先的に住める共同住宅で隣人どうしになった人たちの物語で、助け合いとはほど遠い困った人間関係が実にリアルに描かれていました。こんな嫌な人間を書く人に限って良い人なんだよなあと思っていると、案の定、書面でやりとりしたク・ビョンモさんは実に親切ですてきな方でした（本書の七人の作家は皆さんそうでしたが）。

「ハルピュイアと祭りの夜」は、セクハラ加害者たちが手の込んだやり口で復讐される物語ですが、加害者本人であるハン、身代わりとなった自己弁護のかたまりであるピョの何と嫌らしいこと。それがまたク・ビョンモさん特有の濃厚でねちっこい、長いセンテンスの文体で綴られているので、訳していて病みそうになりましたが、後で読み返すとこの一篇がいちばん物語性に富み、衝撃力を持っているように思いました。また、男性への直接的な復讐とその限界を描いた点でも意欲作だと思います。

なお、シンが「期間制女教師」との間でトラブルを起こしたというエピソードが出てきますが、韓国で実際に起きた女性教師暴行事件を題材にしているのではないかと思ってク・ビョンモさんに問い合わせてみたところ、特定の事件を題材にはしていないとのことでした。期間制教師という、人を採用しては捨てるシステムの中で働く限り、男性教師も不安定な身分ですが、女性教師はさらにセクハラの対象となったり侮辱されたりすることが多く、シンの起こした事件はそういった日常的なセクハラを念頭に置いているとのことです。

火星の子（キム・ソンジュン）

緊張感の高い作品が続いた後で、最後にこの物語に到着してほっとした人も多いのではないでしょうか。ここに登場する雌犬ライカは実在した犬で、作中ではシベリアンハスキーとなっていますが、雑種だったようです。野良犬だったことは史実通りで、一九五七年にスプートニク二号に乗せられて打ち上げられました。しかし非常な高温とストレスによって何日かのあいだに死んだものと推測されており、冷戦時代の宇宙開発競争の犠牲者といえます。

そんなライカと女性のクローン人間、そして無機物であるロボット・ダイモスとのいわば異種間シスターフッドの物語ですが、毒舌だけれど頼もしく優しいライカの性格が非常に興味深いです。失礼ですが、これはキム・ソンジュンさん自身を多少反映しているのではないか、デヴィッド・ボウイもハンナ・アーレントもご本人が好きなのじゃないかと想像してみたりしました。宇宙空間での妊娠出産というテーマですが、ほのかな希望を漂わせて印象的です。

キムさんはリアリズム小説もファンタジーも書く人ですが、この短篇を書いた後も火星から心が離れず、現在、本作の拡大版を構想中だそうです。ライカ、ダイモス、そして新しく生まれた女の子がそれぞれ一人称で一章ずつ語る形式で書いてみようかと考え中だとか。考えるだけでも楽しいです！　とお便りに書いてくださいました。それはぜひ読んでみたいものです。

フェミニズムは女性のためだけのものではありませんから、フェミニズム小説もまた女性だけが書くものではありません。性のグラデーションのどこに存在する人でもフェミニズム小説を書くことが可能ですし、今や、ジェンダーの問題をまったく意識せずに文学作品を書くことは困難なほどになっていると言ってもよいと思います。本書はその現住所を表すものであり、今後もこのような多様なアプローチは続けられることでしょう。また、いま韓国では、LGBTの人々を描く小説も増えてきており、二〇一八年には、若い作家たちによる初のクィア小説集というサブタイトルのついた『愛を止めないで』（キム・ヘジン著、古川綾子訳、亜紀書房）も出版されました。その関連で現在、日本語で読める作品としては、語で読める作品としては、『娘について』（キム・ヘジン著、古川綾子訳、亜紀書房）があります。

なお、韓国では年齢を数え年で表します。本書では基本的に日本式の満年齢で表記していますが、「ヒョンナムオッパへ」だけは、「二十歳」など節目の意味のある年齢設定をそのまま残しました。

本書は、白水社の杉本貴美代さんの強い希望によって日本にお目見えすることとなりました。丹念に編集してくださった杉本さん、度重なる質問にお答えくださった七人の作家の皆さん、翻訳チェックをしてくださった伊東順子さんと岸川秀実さん、白水社の堀田真さんに御礼申し上げます。

本書の原書巻末には、イ・ミンギョンさんという方が跋文を寄せています。イ・ミンギョンさんは、日本にも紹介された『私たちにはことばが必要だ』（すんみ・小山内園子訳、タバブックス）という本の著者ですが、本書について「この七つの物語は、世間と自分のうち、間違っているのはおそらく自分の方だと思いがちな女性たちを救うだろう」と書いています。なるほど、その視点で本書を眺めてみると、見えてくることがたくさんありそうです。『82年生まれ、キム・ジヨン』に続き、韓国のフェミニズムの風が何らかの形で日本の読者に知恵と力を届けることになれば幸いです。

二〇一九年一月十五日

斎藤真理子

【著者紹介】

チョ・ナムジュ

一九七八年、ソウル生まれ。二〇一一年、第一七回文学トンネ小説賞に長篇小説『耳をすませば』が入選して作家活動を始めた。第二回ファンサンボル青年文学賞、第四一回今日の作家賞を受賞した。長篇小説『82年生まれ、キム・ジヨン』(斎藤真理子訳、筑摩書房)が百万部を超えるベストセラーとなる。その他の作品に『彼女の場合は』(二〇一八年)がある。

チェ・ウニョン

一九八四年、京畿道光明生まれ。二〇一三年、『作家世界』新人賞に入選して作家活動を始めた。第五回若い作家賞、第八回若い作家賞、第八回ホ・ギュン文学作家賞、第二四回キム・ジュンソン文学賞、第五一回韓国日報文学賞を受賞。短篇集に『ショウコの微笑』(吉川凪監修、牧野美加・横本麻矢・小林由紀訳、クオン)、『私に無害な人』がある。

キム・イソル

一九七五年、忠清南道礼山生まれ。二〇一六年、ソウル新聞の新春文芸に短篇小説「十三歳」が当選して作家活動を始める。第一回ファン・スンウォン新進文学賞、第三回若い作家賞を受賞。短篇集に『誰も言わないこと』『今日のように静かに』、長篇小説に『悪い血』『幻影』『線画』がある。

チェ・ジョンファ

一九七九年、仁川生まれ。二〇一二年、チャンビ新人小説賞を受賞して作家活動を始めた。第七回若い作家賞を受賞した。短篇集に『とても内気な』、本書収録作を収めた『すべてを元の位置へ』、長篇小説に『いない人』がある。

ソン・ボミ

一九八〇年、ソウル生まれ。二〇〇九年、『二一世紀文学』新人賞を受賞。二〇一一年、東亜日報新春文芸に短篇小説「毛布」が当選して作家活動を始める。第三回若い作家賞大賞、第四回若い作家賞、第五回若い作家賞、第六回若い作家賞、第四六回韓国日報文学賞、第二一回キム・ジュンソン文学賞、第二五回大山文学賞を受賞した。短篇集『彼らにリンディ・ホップを』、長篇小説『ディア・ラルフ・ローレン』がある。

ク・ビョンモ

一九七六年、ソウル生まれ。二〇〇八年、『ウィザード・ベーカリー』で第二回チャンビ青少年文学賞を受賞して作家活動を始めた。第三九回今日の作家賞、第四回ファン・スンウォン新進文学賞を受賞した。短篇集『赤い靴党』『それが私だけでないことを』、長篇小説『一さじの時間』『四家族の食卓』がある。

キム・ソンジュン

一九七五年、ソウル生まれ。二〇〇八年、中央新人文学賞に「私のいすを返して」が当選して作家活動を始める。第一回若い作家賞、第二回若い作家賞、第三回若い作家賞、第六三回現代文学賞を受賞。短篇集『ギャグマン』『国境市場』がある。

【訳者略歴】
斎藤真理子（さいとう・まりこ）

翻訳家。パク・ミンギュ『カステラ』（共訳、クレイン）で第1回日本翻訳大賞を受賞。訳書はほかに、パク・ミンギュ『ピンポン』（白水社）、『三美スーパースターズ』（晶文社）、チョ・セヒ『こびとが打ち上げた小さなボール』（河出書房新社）、ファン・ジョンウン『誰でもない』、ハンガン『ギリシャ語の時間』、チョン・ミョングァン『鯨』（以上、晶文社）、チョン・スチャン『羞恥』（みすず書房）、チョン・セラン『フィフティ・ピープル』（亜紀書房）、チョ・ナムジュ『82年生まれ、キム・ジヨン』（筑摩書房）など。

ヒョンナムオッパへ
——韓国フェミニズム小説集

2019年 2月10日 印刷
2019年 2月28日 発行

著　者　チョ・ナムジュ、チェ・ウニョン、
　　　　キム・イソル、チェ・ジョンファ、
　　　　ソン・ボミ、ク・ビョンモ、
　　　　キム・ソンジュン
訳　者　©斎藤真理子
発行者　及川直志
発行所　株式会社白水社
　　　　〒 101-0052
　　　　東京都千代田区神田小川町 3-24
　　　　電話　営業部　03-3291-7811
　　　　　　　編集部　03-3291-7821
　　　　振替　00190-5-33228
　　　　http://www.hakusuisha.co.jp
印刷所　株式会社三陽社
製本所　誠製本株式会社

乱丁・落丁本は、送料小社負担にてお取り替えいたします。
ISBN978-4-560-09681-9
Printed in Japan

ピンポン

パク・ミンギュ／斎藤真理子 訳

世界に「あちゃー」された男子中学生「釘」と「モアイ」は卓球に熱中し、「卓球界」で人類存亡を賭けた試合に臨む。松田青子氏推薦！